半七捕物帐

吉良的短刀

はんしち

とりものちょう

[日] 冈本绮堂 著

陈雅婷 译

北京联合出版公司

图书在版编目（CIP）数据

吉良的短刀 /（日）冈本绮堂著；陈雅婷译 .
北京 : 北京联合出版公司，2024. 9. --（半七捕物帐）.
ISBN 978-7-5596-7726-6

Ⅰ . Ⅰ313.45

中国国家版本馆 CIP 数据核字第 2024PZ5613 号

半七捕物帐：吉良的短刀

作　　者：[日] 冈本绮堂

译　　者：陈雅婷

出 品 人：赵红仕

责任编辑：刘　恒

封面设计：吴黛君

北京联合出版公司出版

（北京市西城区德外大街83号楼9层 100088）

北京新华先锋出版科技有限公司发行

大厂回族自治县德诚印务有限公司印刷　新华书店经销

字数1284千字　787毫米×1092毫米　1/64　47.25印张

2024年9月第1版　2024年9月第1次印刷

ISBN 978-7-5596-7726-6

定价：298.00元（全十册）

目 录

青山复仇

一

各位读者应已经知晓，半七老人的故事总带有些戏剧性，许是因为往昔查案时，不耍些花招便难以查清吧。因此，我也时不时会提到半七老人喜欢看戏。

明治二十七年（1894）五月十二日过后，星期日一大早，我照例拜访赤坂半七老人家，老人说自己昨天去了新富座看戏。

"新富座正演'佐仓宗吾'吧？"

"是的是的。九藏演的宗吾名气挺大，我便去看了。九藏的宗吾，广然、讷子的甚兵卫、幻常吉都演得很好。芝鹤串场演了宗吾的妻子，好得出人意料，真不愧是大师。独幕剧穿插了嵯峨和御室的净琉璃，但九藏演光国真的只是串场，没多少戏。多贺之丞演的泷夜叉不行，差得离谱。

光国放着重要的故事不讲，最后倒让喜猿演的鹫沼太郎来代为叙述，几乎没眼看。"

老人滔滔不绝地发表着自己颇为拿手的剧评，洋洋洒洒地说个不停，等终于告一段落后，老人又转头说道：

"那'佐仓宗吾'的戏是第三代濑川如皋 [1] 所作，嘉永四年（1851）八月在袁若町的中村座上戏，剧目叫《东山樱庄子》。那时代不能将真实的佐仓事件 [2] 搬上舞台，于是便将背景改换到室町幕府足利将军时代。彦三郎演渡守甚兵卫，小团次

---

[1] 第三代濑川如皋：幕末至明治初期著名的歌舞伎剧作家，本名六三郎，天保十年（1839）开始创作歌舞伎狂言，嘉永元年（1848）十一月成为中村座第一剧作家，嘉永三年（1850）袭名濑川如皋。

[2] 即佐仓惣五郎的有名事迹。佐仓惣五郎原名木内惣五郎，是江户时代前期下总国佐仓藩领的义民，"佐仓宗吾"的原型。当时藩主堀田氏对藩民课以重税，百姓不堪忍受，惣五郎直接拦轿向将军上诉，成功使将军下令处罚相关人员，去除苛政。依当时法律，惣五郎此举是死罪，为保全妻儿，惣五郎与妻子离婚并与儿子诀别，但最终还是被满门处死。

演宗吾，菊次郎演宗吾的老婆阿峰，选角都很合适，因此非常叫座，从八月到九月、十月，一连演了三月。表面上虽是足利时代的故事，但任谁都知道演的其实是下总国佐仓一事，因此佐仓的百姓也源源不断来江户观摩，这戏自然也越来越叫座。当然剧院方面也很精明，此次要上演宗吾一戏，剧院的人还专门跑去佐仓拜谒，为此戏大肆宣传了一番。这类事真是古今未变。

"那佐仓藩领之中，村名我忘了，有两个叫金右卫门、为吉的农民当时也来了江户，他们也是去中村座看戏的。一行十五人宿在马喰町的下总屋。金右卫门带了女儿阿参，为吉则带了妹妹阿种，一行人盘算着到达江户后，第二日先去中村座看戏，之后两日则各自游览江户，最后大家一起回藩国。于是，他们第一天在中村座为宗吾与儿子诀别而悲泣，为宗吾所化幽灵所惊吓，看完了戏，第二日起便开始自由行动。金右卫门和为吉在四谷和青山皆有亲戚，既然来了江户，必定要登门探访一番，因此二人与其他同行人暂别，出了马喰町的客栈。那是九月末的一个晴天，阿参和阿种自然也跟着父兄去了。"

为便于各位理解，此番先说一说几个人的家庭关系。金右卫门和为吉在老家都是大农户。金右卫门三十八岁，女儿阿参十六岁；为吉二十一岁，妹妹阿种则是十七岁。双方似乎是远亲，并且阿参来年就将嫁给为吉，因而两家可谓是一家人。金右卫门说要去探亲，为吉兄妹自然也便跟着去了。

一行四人先去四谷盐町探访亲族，在对方家中用了午餐，接着便去找住在千驮谷町的亲戚。那亲戚也叫下总屋，是一家米铺。当时去哪儿都靠徒步，费时费力。再加上他们不熟悉江户，一路走一路问，走得便更慢了。那日八刻半（下午三时）前后，他们来到了青山六道岔口。

一听这地名，仿佛这是个闹鬼的不祥之地，其实只因有两个十字岔道在此交会，形成东侧两道，西侧两道，外加中间一条南北大道的路形，也不知是谁先开口叫的，最终有了六道岔口这名称。此处是小差役和先手组[1]聚居之地，只在十字街单侧有少许店家。有个貌似附近农民的男人在杂货铺前放下扁担，正在卖柿子。

这时来了个腰配大小双刀、下着和服裙裤的年轻武士，似是要买柿子，正揪着那农夫讨价还价。接着又来了个浪人打扮的男人，甫一见到那年轻武士，立刻变了脸色大声喝道：

"无耻盗徒，总算找到你了！"

年轻武士似也吓了一跳，似乎答了句什么，但未能听清。另一边，浪人拔出腰刀冲了上去，年轻武士面色仓皇地想要逃跑。浪人照着他的背后一刀砍中右肩，在他倒地之后又砍了一刀，年轻武士便当场死亡。

金右卫门一行人当时恰好路过。他们本来好端端走在路上，眼前突然上演了一场武戏，与昨

---

[1] 先手组：江户幕府军制之一，职制上属若年寄，负责维持治安。"先手"意为先锋，战斗时充当德川家的先锋步兵队。

日中村座的卖力演出不同，眼前的浪人是真把一个大活人杀了。四人面色煞白愣怔原地，浪人将染血的刀刃收回刀鞘，回头看向四人。

"失礼了。几位来得太不凑巧，还请各位为我做个见证。"

四人无奈，只得跟浪人走，卖柿子的男人和杂货铺的老板娘也一道去了。此地本就是个行人稀少的单侧市镇，其余店家早已慌忙躲入铺内，因此只牵扯到了眼下六人。浪人带着他们去了附近水野和泉守宅邸的岗哨。

据浪人所述，自己是中国地方[1]某藩国的武士，名唤伊泽千右卫门，父亲兵太夫是金库守卫。某日夜里，贼人闯入金库偷出一箱金子。兵太夫抓住贼人一瞧，发现竟是同僚山路郡藏。郡藏悔不当初，连连请求兵太夫不要宣扬此事。兵太夫同意了，要他将那箱金子归还原处。就在两人打

---

[1] 中国地方：日本本州岛最西部地区的合称，约等同于古代令制国的山阳道与山阴道，包含现今的鸟取县、岛根县、冈山县、广岛县、山口县等五个县。

算返回金库时，郡藏趁兵太夫不备，将其砍倒，带着金子逃之夭夭。兵太夫身受重伤，但仍在报告完事情始末后才咽气身亡。如此一来，山路郡藏便是十恶不赦之人，对于主家来说是擅闯金库的盗贼，对于千右卫门来说则是杀父仇人。于是千右卫门便恳请主家让他离开藩国，寻找仇敌下落。

千右卫门先去了京都和大阪寻人，未能找到线索，便沿东海道各宿驿一路搜寻，来到了江户。他自去年夏季开始，于江户市中徘徊了一年左右，怎料今日竟在六道岔口意外撞见郡藏，于是立刻报上姓名讨贼复仇。千右卫门的说辞不似寻常口角，委实脉络清晰、合情合理。千右卫门杀了主家的盗贼，报了杀父之仇，岗哨的人不敢怠慢他，纷纷夸他立了大功，给他热水喝。金右卫门一行四人、杂货铺老板娘和卖柿子的农民只受了盘问后便被放走了。

这下总算是松了口气，金右卫门一行去了千驮谷町拜访下总屋，将此番经历说给亲戚听，不料没过多久便听见传言，说在六道岔口成功复仇的浪人伊泽千右卫门在水野家岗哨没了踪迹。按照当时的律令，发生此类事件时，须先将当事者扣在岗哨或警备所里，遣人前去主家宅邸通知，再由主家派人带着礼服前来迎接，并向岗哨确认当事者确为自家武士之后，才可将人接走。千右卫门称自己是备中国[1]松山藩五万石藩主板仓周防守[2]藩中武士，岗哨便立刻派人去了外樱田的板仓家。

在等待使者归来期间，千右卫门说想借用一下茅房。哨所守卫疏忽大意让他去了，他便一去不回。守卫认为他定潜入了府邸，将府内上上下下搜索了一遍，然而一无所获。此处毕竟是郊区宅邸，旁边就是一大片竹林，守卫们便猜测千右卫门会不会是潜入竹林逃了。此时使者归来，说

---

　　[1] 备中国：日本古代令制国，属山阳道，又称备州，其领域大约为现冈山县西南部。

　　[2] 板仓周防守：幕末大名，备中国松山藩第七代藩主，板仓宗家第十三代宗主。周防守是其任职过的官位之一。

板仓家称本藩并未有此等武士。如此一来，千右卫门便是个冒牌货，竟能如此厚颜无耻，光天化日之下杀人不说，竟还谎称复仇，大摇大摆地主动走进岗哨，实在太过目中无人。

然而此事并非双方偶然相遇发生口角，而是一方忽然出声叫住对方，并且拔刀便砍。如此看来，砍人者与被砍者定是相识的。办案的差役到现场查看被砍身亡的年轻武士，只见他三十四五岁，暂无线索可知他在哪家武宅供职。他怀中的钱夹里有二两多金子，此在当时已是巨款，对于一个身份低微的年轻武士来说，这钱夹未免分量太重？可眼下也没有其他可调查的地方，便也只能先这样。

听罢这传言，金右卫门一行也吃了一惊，惊叹江户确是个可怖之地。

半七老人摇头叹气道："不，若至此便收场倒也罢了，哪知后来又接二连三发生了恐怖之事。我说给你听听吧。"

二

金右卫门一行人在下总屋吃了晚饭，拿了伴手礼后，于傍晚六刻（晚上六时）过后离开。

下总屋本想劝他们留宿一晚，可四人说已与人约好明日一起游览浅草，是以今夜必须回马喰町的客栈，坚持要走。这时期秋日短暂，天已完全黑了。此地偏僻，有时路边不见一处人家，亦有时道旁竹林茂盛。下总屋遣了个小学徒提着灯笼送他们出青山的大街。

此处相比江户市中来说人迹稀少，可对于已住惯佐仓老家的金右卫门几人来说倒也没那么稀奇。然而四人在白天发生的事件中受惊，此时总觉心中忐忑，便不声不响地跟在小学徒身后。出了谷町，行过六道岔口，将要进入青山大道时，脚下的狭窄小径不足一间半（约3米）宽，一侧是一片竹林。这时忽听竹林沙沙作响，有个人影突然出现，一下砍落小学徒手上的灯笼。

转瞬之间，金右卫门亦被一把太刀砍倒在地。阿参和阿种失声尖叫，可四周一片漆黑，根本不知发生了何事。熟悉环境的小学徒心忖还是跑向大道更近，拔腿就跑，其余人也跟着奔命。

见后方似无追兵，几人逃至大道，刚松了口气，可定睛一看逃出来的只有下总屋的小学徒、为吉与阿种三人，金右卫门和阿参不见了。金右卫门似已被砍倒，却不知道他女儿如何，三人甚为担心。小学徒立刻跑到青山下野守宅邸的岗哨报告。岗哨守卫平素便认识小学徒，便跟着他一块来了。几人回到事发地拿灯笼一照，发现金右卫门右肩被砍，染血倒在地上，阿参则不知所终。

听说歹徒似乎是从竹林里窜出来的，可那竹林正面只有四五间宽，很浅，而且后面便是农田。如此看来，歹徒应是再次穿过竹林越过农田逃之夭夭了。金右卫门还有气，可怀里的钱袋丢失了。由于重要的盘缠都放在钱兜带里紧贴皮肤束在腰间，因此没有失窃。钱袋里只放了些细碎钱两，万幸损失不大，但一个女子凭空消失是大问题。为吉失了未来的妻子，面色苍白地大闹一通，可也不知该上哪儿去找。一行人只好先将金右卫门抬到岗哨，叫来附近的郎中诊治伤情。出乎意料的是，金右卫门的伤口很浅，并无性命之虞，这让大伙暂且安下了心。

学徒赶回下总屋向主家报告了事件，老板茂兵卫连忙叫上两个伙计赶来接走了受伤的金右卫门，只是阿参的下落依然没有线索。阿参今年十六岁，肤白皮嫩，是个标致姑娘。众人多认为歹人是在白天选好目标，再在当夜掳走，但这终究只是某种猜想，真相如何仍未可知。

"半七，青山那边似乎又出了乱子。你前阵子去那儿办过唐人饴一案，这回也便让你去，设法查清事情原委吧。"八丁堀同心坂部治助说。

"遵命。"

半七立刻带着小卒庄太去了青山。不必说，本案中六道岔口仇杀事件与金右卫门父女遇袭事件几乎是同时发生的。诚然，眼下完全没有线索表明两件事是同一人所为，还是各有案犯。

两人从赤坂前往青山，首先顺道抵达青山下野守宅邸的岗哨，在此探听了金右卫门一事，接着前往六道岔口，来到那间杂货铺前。当时那桩真假难辨的怪异仇杀案便发生于此。

"老板娘，昨天真是飞来横祸，吓坏了吧？"半七说。

"可不是嘛。"铺里三十岁上下的老板娘答道，"一位武士大人正在买柿子，接着又来一位武士，拔刀就砍。之前听说是报仇，可又听说那是扯谎，也不知哪边真哪边假。"

"砍人的那位有说什么吗？"

"大喊了声'无耻盗徒，总算找到你了'。"

"那被砍的那位回了什么？"

"这个没听清。好像说了句什么野口还是舌口……"

"野口、舌口……"半七反复咂摸道，"然后在逃跑时被砍了？"

"是的。"

据老板娘称，砍人的武士是三十四五岁的浪人模样，被砍的男人与他年龄相仿，瞧着应该是宅邸里的人。半七又详细打听了两人的长相和打扮，接着离开此处，去了水野和泉守宅邸岗哨，一样问了案发前后的情形，对方说那自称复仇的浪人定是穿过竹林逃走了，半七也认为应是如此。

接着，半七返回千驮谷町拜访米铺下总屋，受伤的金右卫门正躺在里屋养伤。为吉和阿种兄妹也黑着脸守在身侧。下总屋大约五年前在此开业，在当地虽是新铺子，但做买卖非常实诚，因而在附近名声不错。铺主茂兵卫与金右卫门年龄相仿，今年三十九，自前年年底妻子过世后便一直没再娶。铺里除了两位捣米工安兵卫和藤助之外，还有银八、熊吉两个伙计并一个叫利太郎的学徒。厨房女佣叫阿舍，与金右卫门他们是同村人。

调查完这些，半七站在店头与茂兵卫聊了起来。

"金右卫门可曾遭人怨恨？"

"不知。"茂兵卫干脆答道，"他约莫八年前来过江户一次，这回是第二次。故而他在江户几乎没有熟人，如何能遭人怨恨。"

"那关于此事，你有何想法？"半七打探道。

"就是因为想不出来才没有半点头绪。"茂兵卫皱着眉头答道。

"那让我见见金右卫门吧。"

铺面之后有起居室，其一侧的外廊通往六叠里屋。半七由人领着来到里屋，坐在了伤者枕侧。

金右卫门体格健壮，伤口也不深，故而他虽然脸色苍白，但神志清晰。他的供词与茂兵卫一致，说自己在江户无甚熟人，更不记得曾遭人怨恨。守在他枕边的为吉兄妹也这么说。为吉兄妹是平生首次来到江户，压根找不着北，对于此次突发事件实在茫然。

见继续探问下去也无甚意义，半七便寻着机会告辞出了铺门，此时等在外头的庄太小声问道：

"可问到什么线索了？"

"没有，众人都迷迷糊糊的。"半七苦笑着说，"你也知道，这里春天发生过唐人饴小贩一事。那虽是一场闹剧，但还有案犯未曾落网。我觉得，此次事件或许与之有关。这一带成片都是位分低的御家人，说不定就是他们家里的米虫次子三子们干的好事。"

"确有可能。"庄太颔首道，"既然如此，歹人掳走那位姑娘是想卖到宿驿去？"

"大约是了。"

两人说着走回六道岔口，迎面遇见一行三个男人。他们向庄太打听附近是否有一家叫下总屋的米铺。庄太一看他们的打扮，立刻明白过来他们是谁：

"你们是从佐仓来，宿在马喰町下总屋的那些人吧？"

"正是。"

他们便是金右卫门他们的同行人，听闻他们遇难备感惊讶，专程过来探望的。半七正好遇上他们，心下大喜，便招呼三人来到路旁朴树下，

问道:

"我等是为上头办事的捕吏,来这儿调查此案的。听米铺下总屋的老板说,他与金右卫门是表兄弟,可有此事?"

"不,不是他,是他妻子与金右卫门是表兄妹。"三人中较为年长的男人益藏答道。

"米铺的茂兵卫是何时来江户的?"

"约莫十年前吧。他起初在深川开米铺,后来才搬到如今的千驮谷。"

"听闻茂兵卫的妻子前年年底过世了,她叫什么?"

"叫阿稻。"

"两人没孩子?"

"听说没有。"

"据说金右卫门大约八年前来过江户?"

"对。那时茂兵卫还在深川。"

"金右卫门可曾向茂兵卫借钱?"

"未曾听说。"

半七又问了些为吉兄妹的情况,几人只说他

们都是老实的年轻人，故而没打听到什么值得注意的消息。金右卫门的女儿阿参来年要嫁给为吉一事，益藏也是知道的。

三

被砍杀于六道岔口的男人身份始终未能查明，亦未曾有人前来寻人。倘若袭击金右卫门的确是当地心术不正的御家人，这两个事件倒该是毫无关联的了。因为那年轻武士和浪人不是当地人，否则应该有人认识他们。半七也拿不定主意。

从佐仓赶来江户看"宗吾"戏剧的人中，除了为吉兄妹留下照顾金右卫门，其余都回本国下总去了。

翌日一早，本留在青山町梢的庄太跑进了神田的半七家。

"头儿，又出事了！"

"怎么？又出什么事了？"

"留在米铺的那位姑娘不见了。"

"为吉的妹妹？"

“对，就是那个叫阿种的姑娘。听说昨日傍晚……七刻半（下午五时）前后，她去了附近的澡堂，结果在回来的路上消失不见。那澡堂距离米铺只有大约一町，叫山之汤，柜上的老板娘说见着阿种姑娘回去了，可她却一直没回米铺，如此又闹了乱子。”

“真没办法。”半七咂了一声说，“到了陌生地方还出门乱跑。不过庄太，同样的事不能连做两次，否则容易留下破绽。”

“您可发现破绽了？”

“心下有些计较。我之前去米铺时就盯上了那个叫藤助的，不知是越后人还是信州人。作为一个捣米工，他打扮得过于时兴了。你去查查这人的来历和品行。”

“歹人就是他？”

“这还不好说，但我总觉得那家伙不太对劲。他肯定是个爱玩的，你先查查看吧。”

“遵命。”

“对了，那米铺里还有个叫银八的伙计，那家伙也很可疑，你盯着些。然后你机灵着点，与龟吉商量一下，去新宿一带的人牙子那儿转转，最近或许有人去宿驿卖女人。”

“原来如此，我明白了。”

庄太步履匆匆地出了门。半七当天有事要办，并且推托不得，因而午时前后便去了日本桥，但因为心里惦记着案情，回程路上便信步去了青山。不管怎么说，此次事件均围绕六道岔口发生，半七在那一带转了转，进了乌鸦茶馆。

江户时代的人嘴上真是不留德。这家茶馆的老板娘肤色黝黑似乌鸦，这茶馆便有了乌鸦茶馆的绰号。老板娘虽肤色黝黑，但很会说话，笑吟吟地迎进半七。

“您来啦。今晚突然冷起来了。”

“你要打烊了？”

“还没呢，您尽管坐。”

正如老板娘所说，进了秋冬之交的十月后，每日晨昏忽然凉了下来。尤其附近就是一片名唤权田原的广阔野地，这里呼呼地刮着西北寒风，着实冷得刺骨。

"这阵子都这么冷，没法子。我听说这一带最近不太平？"半七饮着茶问道。

"可不是嘛，接二连三的净是些不祥传闻，让人心里发怵。听说昨晚那鬼屋里又有动静……"

"鬼屋……在哪儿？"

"就是那边那座空宅子。"

"闹鬼吗？"

据老板娘说，那宅子本属于一个叫小池的御家人。宅子虽小，但地有四五百坪。那主人是个爱玩的，因没钱过年，便杀了来收账的绸缎庄伙计，还私吞了他从别家收回来的约十两金子。杀人之后，他便将尸体埋在屋后农田里。后来事情败露，他被判了死罪，宅子就一直这么空着。此类空宅总有闹鬼传闻，什么被杀伙计的幽灵会出来作祟，会出现鬼火之类。听说昨晚有附近的人经过那鬼屋前，听见屋里隐隐传出女人的哭泣声，吓得那人面无血色，立刻逃了。

"昨晚大约几时？"

"听说是五刻（晚上八时）刚过时分，您也知道，这一带很荒凉……"

"虽说这时节日头短了，可这幽灵未免出来得稍早了点。"半七笑道，"那宅子很早就空了？"

"空了有三年左右了。"

"里头都荒着？"

"是啊，荒得不行，屋子都塌了，院子里野草疯长。邻居们都说那种阴森的宅子不如早日烂光得了。"

"说得对。赁给幽灵又不能收租，还不如早些毁了干净。"

半七搁下茶资，出了乌鸦茶馆。日头已经西斜，不知何处飘来的落叶轻轻扫在脸上。半七缩着身子往前走，来到老板娘指的鬼屋前。这里本是御家人的小宅，美其名曰宅邸，其实也就是栋五六间大小的老宅，大门已经倾斜，篱笆处的杉树也已枯死。

半七转到后面推了推木门，似乎未上锁，一推就开了。此地乍一看全是野草，可半七仔细一瞧，却发现草间有人踩踏过的痕迹。半七心里暗笑，看来这鬼屋除了幽灵还有旁人出入。"吱呀"一声，半七强行拉开滑门，踏进厨房后门，发现了第一件猎物——屋内泥地上躺着一把土气的红色梳子。

半七拾起梳子放入袖袋，抬脚上了厨房。屋内已然昏暗下来，半七拉开滑门，又打开了天窗。由于久未打扫，地板上落满了灰尘，上面还留有若干凌乱的脚印。半七仔细一看，似乎男、女足迹均有。为防屋里躲着人，半七小心翼翼地往里走，但除开一只大老鼠窸窸窣窣地窜来窜去外，寂静的空屋内似乎再没有别的动静。

里面有一个约莫是起居室的六叠房间，旁边是一间八叠房。半七进入起居室，打开壁橱的破烂拉门，里头依旧沾满灰尘，隔板下面却有一大块干净的地方，角落里仍是积灰颇厚。可以想象，这并非有人打扫过，而是有人爬进来过。

半七趴在潮湿的草垫上，似狗一般四处嗅了一番，隐隐闻到一股米糠的味道。

"看来这里落过米糠。"半七自说自话地点点头。

大概是米铺的人将阿参或阿种带来这里关进壁橱，她们的哭声传到外头去了吧。落在泥地上的红色梳子便是确凿的物证。半七复又在屋中巡视一圈，再没有像样的发现。在此期间，日头渐渐西沉，未带照明工具的半七只好离开屋子，发现外头天色已经大暗。

半七往下总屋走去，中途遇上了两个男人。借着店铺的灯光一看，来者似乎是为吉和捣米工藤助。半七以为两人要一道去澡堂，便在一旁目送他们，不料此时有人拉了他的衣袖。半七回头一看，原来是庄太。

"头儿，"庄太悄声说，"为吉和藤助正要去什么地方，是否要跟上去？"

"嗯，我也去。他或许是想将为吉骗出来杀了也未可知。"

"那可不能大意。"

四

　　半七和庄太暗中跟在两人身后，只见他们往权田原方向走去。大概因为夜风寒冷，两人不发一语，只顾低头赶路。藤助手里拿着灯笼。他是米铺伙计，本该提着印有下总屋商号的灯笼，可今晚却提了个没商号的。半七注意到这点，对庄太低语了几句，后者点了点头。

　　"原来如此，那更加不能掉以轻心了。"

　　此时的权田原是一大片原野，未及枯败的冬草展现着武藏野的余韵，茂密地生长着，草间还有细流穿过。今夜虽没有月亮，但天空高远清朗，无数星辰闪烁着青白的光。广阔原野上的野草与芒草时而被拂面寒风所惊扰，如波浪一般高低起伏，沙沙鸣响。这风吹草低的声响恰好盖过脚步声，半七和庄太远远地跟在两人后头。

原野中央耸立着一棵仿佛已见证几百年历史的大赤杨，高大的树影在夜色中清晰可辨。为吉与藤助沿着小径往那棵大树急急赶去，两人行至树前时，忽听见一阵裂帛般的女子惊呼之声。

"啊，杀人了……"

接着又是一声男人惊呼。黑暗的原野中似有一对男女跌跌撞撞地向几人逃来。至此，半七与庄太无法坐视，只得立刻往声音传来的方向奔去，不料庄太迎面撞上一个男人，半七则撞到了一个女人。赤杨树下传来男人的笑声。

藤助和为吉被这突如其来的一幕惊得怔在原地。半七回头叫道：

"喂，喂。灯笼给我！"

藤助还在迟疑，庄太急躁地又喊了一声：

"喂！下总屋的伙计！快拿灯笼过来！"

听见下总屋的名号，藤助也不好再装傻，提着灯笼过来。灯笼的光亮照出一个二十一二岁商人打扮的男人和一个二十岁上下、貌似新宿妓女的婀娜女人。

"私奔的吧?"庄太说,"既然如此,为何还喊'杀人了'?"

"那边……"男人指着赤杨树方向说,"突然蹿出……说要砍我们……"

半七拿过藤助的灯笼,立刻跑到树下,但已不见人影。看来歹人发现事态棘手,早早遁了身形。觉得棘手的不只那歹人,半七也一样。眼下只能放着跟了一路的为吉和藤助,先审问这新冒出来的二人了。他将这对男女带到赤杨树下,庄太和另外二人也跟着过来。

"你们只是私奔来此?"半七询问二人,"我是捕吏半七,你们要老实交代。"

听闻对方是捕吏,二人浑身一震。私自带走妓女或艺伎很容易被判诱拐,而诱拐是重罪。这样的事被捕吏撞破,两人自然感到恐惧。半七察觉到他们的心绪,静静说道:

"我虽吃这一口饭,却也非冷酷无情。总有能私下了结的稳妥之法。先说说,你们是谁,打哪里来？"

根据两人战战兢兢的供词，男人是代代木多闻院门前町一家裱糊铺的儿子德次郎，女人则是内藤新宿[1]甲州屋的妓女阿若。二人相恋却不能遂愿，阿若受死神诱惑，逃了出来。两人相约在权田原的赤杨树下殉情，趁着夜色偷偷来此，不料有人捷足先登占了地方。那人突然跳出来，吓了他们一跳，嘴里还大喊着要砍死他们。饶是寻死之人亦惊于犬吠，乍一听有人要砍死他们，两人还是害怕了起来。刹那间，两人忘了自己本要寻死，不由惊呼一声"杀人了"，然后落荒而逃。

听完此话，半七颔首道：

"嗯，明白了，明白了，但你们不能死。在此处遇上也算有缘，我会设法帮你们说说情，今晚你们就先乖乖回去吧。话虽如此，也不能让莽撞之人自己回去。庄太，你辛苦一趟，帮我把这两

---

[1] 内藤新宿：江户时代的宿场之一，为甲州街道各宿场中自江户日本桥开始的第一个宿场，范围相当于现在东京都新宿区新宿一丁目至新宿二丁目、三丁目一带。

人送回甲州屋。"

"那这头怎么办？"庄太有些忐忑地说。

"我来想办法。总之得先把这两人平安送回去。"

"是，那我去去就回。走吧，头儿都这么说了，你们俩也别嘀嘀咕咕的了，赶紧跟我走。再给人添麻烦，小心我绑了你们。"

如此一恐吓，两人无法再争辩，就此失去在权田原留下殉情韵事的机会，只得忍着臊意被庄太催着走。

如此解决了一个问题，半七便准备审问为吉和藤助，哪知刚拿着灯笼转向那二人，为吉却惊呼一声倒在了地上。半七心下一惊，定睛一看，只见一个男人手握寒刀，正拨开芒草一心逃跑。见自己已追不上，半七一把抓住愣怔原地的藤助的手。

"头儿，您要把我怎么样？"藤助慌张地说。

"能把你怎么样？赶紧从实招来！"

"我什么都不知道。"

"别给我装蒜！你这浑蛋……"半七骂道，"你今晚带着吉出来是要杀他吧？"

"我怎敢啊……我只是按老爷的吩咐，领这位阿为大哥来此而已！"

"为何要领来此地？"

"说是有人在树下等他，要我带他去和那人见面。"

"谁在等他？"

"不知。老爷说见了就知道了。"

"装什么糊涂！又不是被狐狸迷了心，无缘无故怎会有两个大男人肩并肩跑到这荒郊野地中来？胡说八道也得有个度！"

藤助的手臂被拧到背后，终于没骨气地哭喊了起来。

"差爷饶命！饶命！"

没想到对手如此孱弱，半七有些迟疑。他拿不准藤助是真孱弱还是意图让自己放松警惕，不禁松了手上的力道，只见藤助软绵绵地滑坐在了野草上。

"头儿，我当真什么都不知道。您也晓得，这位阿为大哥的妹妹昨夜失踪了。我家老爷也很担心，今日一大早便出门到处打听，过午才回来，说是探到了阿种姑娘的行踪，只是对方不是个好的，不肯轻易放人。若将此事当作诱拐报官，或许能一文不花将人找回来，可若耽误了时间，阿种姑娘有了什么闪失，那就无法挽回了，倒不如认了这个晦气，花些钱把人平安赎回更为稳妥。对方要价十两，老爷压到五两，一番讨价还价之后，最终定为六两。老爷觉得还是快些拿钱赎人为好，阿为大哥便和金右卫门老爷商量，最终决定先救回阿种姑娘，可问题在于两人的盘缠加起来也凑不够六两，就算将腰上缠着的钱全抖出来也只有四两二分。于是我家老爷补了那剩下的一两二分，接着我俩今晚就来了这里。"

"你家老爷为何不一起来？"

"老爷本也打算一起来，可傍晚老毛病疝气复发，动不了，这才没能过来。他说许是一大早就出门走动，受了寒，所以才差我过来。他嘱咐我，权田原中央有棵大赤杨，到了那里，对方便会带着阿种姑娘一起出现，我们只需拿着六两金子赎回阿种姑娘便可。于是我就领着阿为大哥出来，谁想中途竟遇上方才那些乱子。"

"既然如此，你为何拿了没写商号的灯笼来？"

"是老爷说此事若让外人知道，彼此都会惹麻烦，让我拿没有下总屋商号的灯笼去……"

"嗯。好，我大致明白了。你帮我把这伤员抬回去吧。"

半七自方才起就有些担心伤员，正打算让藤助扶起倒在一旁的为吉，未料此时身后的枯芒草忽然沙沙响了起来。

半七立刻察觉这并非仅是风声，猛然回望，发现又有人一刀砍了过来。警惕的半七堪堪躲过袭击，立刻扑向对方手边。灯笼早已被扔出，消了火。来人被半七迅速近身，无法挥刀，便丢下武器与半七扭打起来，双方总算是势均力敌。然而捕吏、小卒之流习惯徒手抓捕，对手也隐隐有些胆怯。

此类荒野上总会有些自然塌陷的坑洞。两人在黑暗中扭打在一起，脚下一滑，双双跌进了一个二三尺高的坑中。

五

"抓住他了吗？"我插嘴问道。既然半七老人能坐在我眼前讲故事，当时定然没有失败，可我依然感到担心，这也是人之常情。

"姑且没坏事。"半七老人笑道，"放心吧。"

"那人到底是谁？"

"就是在六道岔口复仇的家伙。杀死仇家后，他去了水野家的岗哨，声称自己是备中松山五万石板仓周防守的家臣。但那是扯谎，他其实是附近一个石高刚过一万石的小大名的家臣。他说自己叫伊泽千右卫门，仇家叫山路郡藏，这也是假的，其实他本人叫野口武助，对方叫森山郡兵卫。"

"那复仇也是撒谎？"

"是的。野口武助的父亲叫武右卫门，确实是某宅邸的金库守卫。武助是个浪荡子，与同藩的森山郡兵卫勾结，一同潜入自己父亲掌管钥匙的金库，偷出五百两金子后潜逃。他明知父亲会受牵连，却依旧做了此事，实在是无可救药的不忠不孝之恶徒。听说他父亲武右卫门最终因此事切腹自裁。话说回来，由于沿五街道逃跑可能被追兵抓住，武助和郡兵卫便绕走丹波路[1]，岂料郡兵卫中途甩掉武助遁走，将那五百两金子也一并卷走了。

"武助自然大为吃惊，却又不能光明正大地报官。由于两人曾约好一同逃往江户，武助猜测郡兵卫应是往江户去了，于是自己也紧随其后追到江户，可此地不比只有一万石的故乡，太过宽广，大海捞针谈何容易，饶是他再怎么耐心搜寻，就是不见蛛丝马迹，不多时武助便囊中羞涩了。此人本就坏到骨子里，最终沦为带刀恶徒，干起了敲诈勒索、强抢财物的勾当，实是典型的浪人。

---

[1] 丹波路：江户时期的山阴街道，自京都经丹波通往山阴地方，于周防国的小郡（现山口市）与西国街道会合。

"武助如此度日，直至逃出藩国的第五年，他意外在青山六道岔口撞见仇人森山郡兵卫，只不过这既非主家之仇也非杀父之仇，而是自己寻觅多年的仇敌，这便有了那句'无耻盗徒'……其实他自身亦是盗徒，却只将对方当贼人，向他寻仇。既在大街上杀了人，那便无法就此善了。他厚着脸皮壮着胆子，自己跑去岗哨自首，真假参半地编了个复仇故事。

"然而复仇是假，姓名、身份尽皆是假，只要岗哨派人去板仓家一问，必然很快露馅。因而他骗过岗哨守卫，钻入旁边的大片竹林成功潜逃。所谓悖入悖出，被杀的郡兵卫当初携金逃跑后，将钱全用在了吃喝玩乐上，后来成了本乡一带一家旗本宅邸的随从。那日，他去探访千驮谷一带的熟人，路上打算给熟人孩子买些柿子做伴手礼，没想到一句'无耻盗徒'之后，便被痛快砍杀。但他本身确为盗徒，也没什么好辩驳的。年俸三两二分的随从，钱袋里竟有近二两金子，这可不寻常，大约是和往常一样，干了什么坏事吧，可死人无法开口，这也就无从查起。"

至此，六道岔口一案已经解释清楚，但佐仓一行人案件的真相还未揭晓。而且听过半七老人的讲述之后，任谁都会怀疑米铺下总屋的铺主吧。随意一个门外汉都可以很轻易地想象出，他与事件定有重大关联。我说出心中所想，老人听罢颔首道：

"没错，没错。砍倒金右卫门，掳走他女儿阿参的正是下总屋的茂兵卫。茂兵卫这厮可谓坏透了，他伙同铺上的伙计银八四处偷盗，但他做生意本分老实，外表装得十分正派，不说街坊邻里，就连铺里的人都没发觉他的勾当，可见他欺瞒周旋的手段之高明。之前说过唐人饴一案，那唐人饴小贩曾被怀疑是盗贼，可查清事实一看，横行当地的贼人竟是这茂兵卫，青山的民众也颇感意外。都说人不可貌相，这两个米铺的家伙真可谓瞒得天衣无缝。"

"他砍金右卫门是为了掳走他女儿？"

"他这样的人，如此行事背后少不了利欲的推波助澜，但细说起来，他此举才是真正的复仇。"

"他也是复仇？"我有些意外。

"是的。之前说过，金右卫门曾在八年前来过江户游览。那时茂兵卫还住在深川，依旧是开米铺。金右卫门当时是一个人来，没宿在马喰町，而是在茂兵卫家住了小半个月，优哉游哉地游览了江户才回去，可当时发生了件麻烦事。茂兵卫的妻子阿稻与金右卫门是表兄妹，自小感情就好。此次金右卫门逗留期间，阿稻照顾他十分周到。这在茂兵卫眼里就有些古怪。于是在金右卫门归国后，夫妻俩大吵了一架。

"表兄妹金右卫门和阿稻之间究竟是真有私情还是茂兵卫多想，这无从得知，但夫妻俩的关系自那之后便一直不太好，茂兵卫动不动就给妻子甩脸色。或许因为如此，阿稻身体越来越弱，前年年底死在了三十三岁上。听说在她死前三天，夫妻俩还大吵了一架。如此看来，阿稻的死确实也有些蹊跷。

"江户与佐仓距离甚远，当初引发事端的金右卫门对此事一无所知，此次来江户看戏，时隔八年又去拜访了下总屋。茂兵卫一见金右卫门的脸，往昔的怨恨便又冒了出来……从前管此类情况叫'情仇'，可毕竟没有证据，无法摆到台面上讲。然而茂兵卫一看对方的脸便觉异常恼恨。他这样的人，向来好妒又记仇。他本想强留金右卫门等人一晚，趁机报复一番，可他们非要回马喰町的客栈，茂兵卫情急之下便想到了之前那桩仇杀案。

"他让铺上的学徒送金右卫门四人一程，自己则抄近道绕到前面，埋伏在竹林里，见了金右卫门便砍了上去，伙计银八则扛着阿参跑了。银八每日都要扛着重重的米袋给主顾送米，扛个十六岁的小姑娘逃跑根本不在话下，当然他用手巾塞住了阿参的嘴。银八扛着阿参进了那栋鬼屋，将她丢进了起居室的壁橱里。

"本以为诸事顺利，不料茂兵卫拿的是短刀，刀法也不好。当初的野口武助好歹是个武士，这才能干净利落地斩杀仇敌森山郡兵卫。茂兵卫只是一介商人，没有那样的身手，因此虽成功砍了金右卫门一刀，伤口却比郡兵卫挨的那一刀浅得多。"

　　如此，金右卫门一案的前因后果便明晰了。

六

先不论善恶，武助是复仇，茂兵卫也是复仇，且这两桩复仇案均发生在同一天的白天和夜晚，如此看来，两者之间岂会没有联系？我问老人，老人则咧嘴笑了。

"这你就不知道了。我方才说过吧？我在权田原抓获的那个人就是野口武助。他并非一时兴起跳出来砍人，而是与下总屋茂兵卫有牵连。"

"意思是，他们俩一早便认识？"

"妻子死去之后，茂兵卫恢复独身，便常去新宿一带寻欢作乐。但他都是白天去，并且绝不过夜，因此没人发现。他在外面认识了武助，两个坏水便熟识了。茂兵卫能力最为拔尖，因此担任头目，内有伙计银八助力，外有浪人武助相帮，这两人便是他的左右手，一伙人做尽了坏事。待到这一桩桩一件件渐次查明，附近的人无不感到错愕。"

"掳走为吉妹妹的是谁？"

"掳走阿种的是银八。"老人解释道，"我原本盯上了捣米工藤助，但出乎意料的是，此人是个好的，反倒银八不是个好东西。银八受茂兵卫指使，负责悄悄带饭给被关在鬼屋空宅的阿参，可这家伙不可能就此罢休，定是肆意妄为，凌辱了这年轻小姑娘一番。阿参求他放她回家，他走前便说第二天带她出去。

"到了第二天下午，他见阿种去了附近澡堂，自己便去鬼屋接阿参。待阿参欣喜地出了空宅，银八趁路上无人，突然拿出匕首指着阿参，恐吓她接下来与阿种见面时，没有他的允许绝对不准开口，然后带着她走了。他们就在澡堂附近等着，等阿种出来便悄悄叫住阿种。

"阿种一见阿参便惊讶地跑过去，银八出声说这里不是说话的地方，让阿种跟着他走。换句话说便是以阿参为诱饵，骗走了阿种。阿参因受恐吓，无法贸然开口。阿种因阿参的缘故，无甚警惕地跟着银八去了。她们毕竟只是十六七岁的乡下姑娘，遇到这种歹人就如同板上的鱼肉，只能任人宰割。如此，阿参又回到鬼屋，阿种也被活捉。"

"这人实在不是东西。"我不由叹息道。

"确实不是东西。茂兵卫和银八本打算生擒二人，将她们卖到宿驿妓院去，但金右卫门和为吉在场就会碍事。尤其是为吉，他是个血气方刚的年轻人，自己未过门的妻子忽然失踪，实在坐立难安。他放话说，即便金右卫门的伤势痊愈，他在没找到阿参和阿种之前也绝不回国。如此，茂兵卫他们不得不处理了他。茂兵卫与银八商量，决定将为吉引诱到权田原。说到这里，你应该大致猜到了，等在赤杨树下的正是野口武助，他打算在此干脆地解决掉为吉。"

"带路的藤助完全不知情？"

"捣米工藤助打扮俊俏，看着不像正派生意人，但他虽然偶尔贪玩，实际出人意料地有些迷糊，竟一无所知地被茂兵卫利用。但不幸中的万幸，他保住了性命……据说茂兵卫和武助担心只杀为吉一人会引发怀疑，本打算顺便也送藤助上路。这群人确实坏得无可救药。

"好笑的是，武助这家伙，因要一次杀两人，竟觉得心里有些没底，便打算喝酒壮胆，于是先去新宿一带喝了几杯，然后来到黑黢黢的赤杨树下等着，结果碰上了阿若和德次郎这一对苦命鸳鸯。这男女私奔的场面，就如那清元小调或常磐津节里的唱词：'寒冬草木枯，似怜亡奔人。'两人朝着那赤杨树'兜兜转转终来此'。毕竟要在这儿殉情，怎可只做这一件事？必要似'许自与君初见时……'那般先说好一番情话，诉好一番衷肠。

"阿若和德次郎做梦都没想到树后正躲着人，兀自你侬我侬了一番，可一直在暗处听他们情深意切的武助可忍不下去，已然心下不快、肝火大动，再加上他之前喝得微醺，眼下更是难以自抑。另一方面，若这二人再在这里卿卿我我，也会坏了自己的事。于是他突然跳出去恐吓说要砍死他们，吓跑了两人。赶巧不巧这时为吉和藤助来了，庄太和我也来了。哎呀，真是，整个场面一下子乱糟糟的。

"武助一看事态不妙，便先藏了起来，可又心下不安，悄悄折回来看情况。待我遣人送阿若和德次郎回去，正要审问为吉和藤助时，武助怕为吉说些有的没的，败露事情，便突然跳出来砍伤人后逃跑。本来逃了便好，他竟又折回来想砍我。虽然他供述说自己本是想砍藤助，但不管怎样，去而复返便是他失策，算他运气到了头。"

"茂兵卫和银八很快就被捕了吧？"

"被捕了。因为庄太未回，我本以为凭自己一人或许处理不了，一着不慎让人远走高飞可就麻烦。但我又觉得到时会有办法，还是独自过去抓人了。下总屋干的不是夜晚的营生，此刻大门已经关上，但小门的纸窗上映出了灯影。我指示藤助，让他在外面大喊'我回来了'。本该上了黄泉路的藤助竟全须全尾地回来了，里面的人估计也吃惊不小。银八立刻打开小门向外张望，我趁机扑过去，不容分说立刻绑了他。

"里面的老板茂兵卫听见响动也走了出来，我又立刻将他拿住。因为对手有两人，我本以为要一次全部抓住有些困难，想不到他们一前一后出来，正好让我一个一个绑，这人竟抓得异常顺利，这就是所谓的'百思不如一试'吧。"

最后只剩下那两个姑娘的下落。说到她们，老人微微皱起了眉头。

"前面说过，阿参和阿种被银八带去那间鬼屋关了起来。虽然他绑上两人的手脚，将她们丢进了壁橱，可这次有两个人，因此第二天傍晚，一人咬开了另一人的绳结，好不容易重获自由，两人跑了出去。算算时间，约莫是我进屋前不久。晚了一步，真是可惜。"

"但她们平安逃走了？"

"并不平安。虽然她们成功逃出了鬼屋，可当时已是傍晚，她们又人生地不熟，也不知怎么走的，竟从品川跑到了大森海边。此时已是三更半夜，眼前是漆黑广阔的大海。本来去那一带的渔村求救便无事，可两个年轻女子历经各种惨事，或许精神也有些失常，竟觉得既然如此痛苦，不如干脆死了，于是一起跳了海。幸好附近有夜间打鱼的渔船，将两人拉了上来，可只有阿种捡回一命，可怜的阿参一命呜呼。'佐仓宗吾'的戏剧竟无意间成了一场飞来横祸的源头，谁也无法料到，少女开开心心地随父亲和未婚夫跑到江户游玩，结果竟然命丧于此。

"不过金右卫门因伤口很浅，很快便痊愈了。这伤是茂兵卫所致，因此一有差池，金右卫门便可能再次遇袭，不得善终。不过因茂兵卫和银八早早被捕，他捡回一命。为吉伤势很重，性命一度危在旦夕，但好在两个月后痊愈。之后家乡那边来了人，将金右卫门和为吉兄妹接了回去。"

"那私奔的二人后来如何了？"

我笑着问。老人听罢也笑了起来。

"这事啊，可真像戏中的那些男女艳事。虽然男女双方都有钱款，但数额不大，我就跟甲州屋说，不如让我代替阿若父母为她赎身。"

"看来她如愿与德次郎成婚了？那赎身的钱……"

"上了船哪还有下来的道理，自然是我自掏腰包。不过甲州屋看在我的面子上少要了我不少钱，倒也没亏多少。我与你说，我也不是只会拿捕绳绑人，时不时也会演些善心主角的。哈哈哈哈哈哈。"

我想，那时的半七老人定是如那侠士幡随院长兵卫一般，神色淡然却心情愉快地挺起了胸膛吧。

02

吉良的短刀

一

极月 [1] 十三日——现如今不太说"极月"这个称呼了，但我觉得，这个故事还是更适合使用古腔古调的"极月十三日"。那日下午四点左右，我造访赤坂半七老人家，结果荞麦面馆的外送工扛着小笼屉荞麦面条的食案，先我一步进了半七老人家后门。我来得不凑巧，心下有些迟疑。

换作现在的我，定会先在附近转一圈，瞧着时间差不多了再过去。但年轻人嘛，到底直来直去一些，故而我虽迟疑了一阵，最终还是下定决心拉开了格子门。不一会儿，熟悉的阿嬷迎出来，马上领我去了里屋。

"哎呀，你来得可巧。"老人笑着说，"来，吃

---

[1] 极月：旧历十二月。腊月。

点荞麦面。不打紧，阿嬷的份我会给她补上的。来，为了庆祝，先喝一杯！"

"庆祝什么？"

"岁末大扫除呀。"

这年头已没有所谓的大扫除日，岁暮清扫都是各随己意，但半七老人却说大扫除就得在极月十三日做。

"我是旧世代的人，所以换用新历后，岁暮清扫还是放在十三日这天。这是江户时代以来的习惯。"

"江户时代的岁暮清扫都在十三日进行？"

"对。虽然偶有例外，但多数人家都在十三日大扫除。因为江户城在十二月十三日大扫除，江户人也便有样学样了。于是，十二、十三日这两天就会有人来卖清扫用的细竹枝。有关赤穗义士的戏剧或评书中经常出现的大高源吾[1]便是扮作此

---

[1] 大高源吾：大高忠雄，人称源吾、源五，赤穗四十七浪士之一，本姓安倍，雅号子叶。部分描述了赤穗义士的作品中有他化身细竹枝小贩在两国桥刺探仇敌吉良义央宅邸情况，遇见俳谐师宝井其角的桥段。

类细竹枝小贩。此外还有人来卖荒神[1]绘马。先将灶台上的煤烟子清扫干净，再用新绘马换下旧绘马。在往昔，细竹枝小贩和绘马小贩，两者都能让人感受到过年气息，但明治以来就完全消失了，看来还是斗不过文明开化的潮流，哈哈哈……不过像我这样因循守旧的人还是遵从旧例，极月十三日全家大扫除。虽然家里只有我和阿嬷两个人，但还是叫了荞麦面庆祝。哎呀，人老了就是话多。来，趁面还没坨，赶快吃吧。"

"那我就先道声喜了。"

我恭敬不如从命。老人非常愉快地说，夏淘井，冬扫除，没有比这更畅快的事了。今日似要下雪，天冷得刺骨，但看老人的神情似乎不甚在意。往昔的人到底硬朗些，我想。

吃了面，饮了茶，话题便如往常一样转到了旧事上。由前头大高源吾化身细竹枝小贩一事引

---

[1] 荒神：佛教中守护佛法僧三宝的三宝荒神，在日本民间与灶君混同，亦为地域守护神。

出话头，我俩说起了元禄十五年（1702）极月十四日，即江户大扫除之日的第二天晚上，大石一党冲入本所松坂町吉良家宅为主君复仇的事[1]。这话题与老人造诣颇深的戏剧有关，我本以为他会开始讲评《忠臣藏》，已暗自准备接话，不料今日的话题竟奔着意想不到的方向去了。

"众所周知，义士遗物成了泉岳寺的宝物流传下来。以大石为首的各个相关人士的信件、诗笺等各式旧物似乎也有存世。但这些都是复仇那方的遗物，倒没见过遭复仇那方的东西。上杉家[2]兴许还留着些物什，但世间并未有风声。然而，江

---

[1] 即赤穗事件。元禄十四年（1701），高家旗本吉良义央在江户城内侮辱播磨赤穗藩主浅野长矩。后者因怒在松之大廊下抽刀砍伤吉良义央，结果被逼切腹，赤穗藩被裁撤。元禄十五年，赤穗藩旧臣大石良雄等47人为主君报仇，闯入吉良义央位于本所的宅邸并将其斩杀。吉良宅邸遗址位于东京都墨田区两国本所松坂町公园。

[2] 出羽国米泽藩藩主上杉家，与吉良义央渊源颇深。第二代藩主上杉定胜的小女儿三姬嫁给了吉良义央，两人之子"三郎"在米泽藩第三代藩主上杉纲胜骤亡后，年仅两岁便成了新任藩主，即为后来的上杉纲宪。

户时期却独独有这么一家留了。虽不知现在是否依旧红火，但日本桥的伊势町有个叫河边昌伯的大夫，自先祖以来六七代都居住在此，名声响亮。元禄时代的河边大夫不知是他家第几代，据说极其擅长外科。赤穗众人复仇那晚，吉良上野介府邸曾派出快轿接他入府医治伤者。当然，主人上野介已被砍下头颅，谈不上医治或包扎，所以河边大夫应该是缝合了吉良的儿子与家臣们的伤口。听说他当时不知怎么的，得了吉良上野介平素穿的窄袖便服，就此代代相传。窄袖便服有两件，一件白绢质地，一件是八端织[1]。听说上面留有血迹，想来是吉良临死时身上穿的衣服。因为是吉良的遗物，不怎么受欢迎，但河边家并非将之视为吉良的遗物，而是当作先祖的遗物珍重保存。据说那是地地道道的真品。"

"就算是吉良的遗物，元禄时代的东西能留到

---

[1] 八端织：使用熟线织成纵、横纹的褐色、黄色绢织品，质地较厚。

现在也是罕见。"

"大家都说稀罕。我虽无缘得见河边家的窄袖服，但却在别的地方见过吉良的短刀。"

"留下的东西倒不少。"

"这事也有趣，因为吉良的短刀被用来复仇了。这世上常有一些因缘颠倒的奇闻，就如吉良被人寻仇，而他的短刀倒被人用来复仇，此事着实不可思议。但那场复仇并不像往昔说过的《青山复仇案》那样怪异。"

半七老人横眼瞧着我的手探进怀里摸索，歇口气抽了管烟。

"哈哈，我就想着你该要翻出你的'生死簿'了。"

老人叫来阿嬷点亮油灯。这个黄昏，雪虽未下，门外经过的鲫鱼小贩的叫卖声却招来一阵岁末寒意。

"不过，您今天大扫除会不会累着了身子？"我又迟疑道。

"哪里的话。虽说是大扫除，就这巴掌大的地方，累不着。清扫完去泡了个澡，又吃了荞麦面，眼下也没事情要做，就照例讲讲那些故事吧。"

老人精神十足地开始讲述。

"开场白还是那么长，兴许会让你无聊。你就当是我的老毛病，当作耳旁风吧。嘉永六年（1853）十二月初的一个寒冷日子，我去四谷找熟人，途中绕到麴町三丁目买了有名的助惣烧[1]做手信，碰上了卖瓦版的小贩。他说浅草天王桥有人寻仇。

"寻仇案发生在十一月二十八日，常陆国上根本村[2]农民幸七的妹妹阿高在叔父的帮助下，在天王桥杀死了兄长的仇人与右卫门。与右卫门是上根本村名主。辖地内有十七名农人向代官所状告他侵吞年贡失败。之后，名主与农户之间便有了罅隙。农民的领头人幸七急病骤亡，大伙都说他是被名主毒杀的。于是，幸七的妹妹阿高便想为兄长报仇，只身一人来到江户，作为婢女进入

---

[1] 助惣烧：江户时代江户麴町三丁目的橘屋佐兵卫店里卖的点心。面糊摊的薄饼内卷甜豆沙馅料而成。

[2] 今茨城县稻敷市西南部区域。

玉池那位千叶周作[1]家做事，闲暇时修习了剑术。虽忘了她叔父叫什么，但听说是家乡的大夫。那位叔父在十一月中旬来到江户，告知阿高仇人与右卫门将来江户缴纳年贡。阿高便向主家请辞，等与右卫门路过天王桥时，在叔父的帮助下如愿报仇。

"然而，由于与右卫门毒杀幸七的证据太过薄弱，这桩复仇案的善后事宜就变得十分棘手。但是，一介女子在大街上成功为兄长报仇，此事当下引起震动，甚至登上了瓦版。所谓的'瓦版'就像如今的号外新闻，卖得很不错。

"当时那瓦版小贩很有意思地叫卖着号外新闻，经过助惣烧的铺子时，一个年轻男子跑过来，抢着买了份瓦版，站在大路中央就专心致志地看了起来。那人是个十八九岁长相俊俏的男子，穿着衣领上有字号的短褂。也不知是好这一口，还

---

[1] 千叶周作（1793—1856），江户时代后期武士、剑术家，北辰一刀流的创始者。其道场"玄武馆"为幕末江户三大道场之一。

是故事太有趣，他看得浑然忘我。我出于职业习惯注意到了他，心想这里头大抵有文章，但眼下也不能做什么。我用布包好买下的助惣烧，出了铺子，此时恰巧有个路人叫了我一声'头儿'。

"我一看，原来是附近秣料铺的老板，当时一般称之为饲料铺或草料铺。那饲料铺老板叫直七，四十来岁，人很有意思。你知道，饲料铺做的是与各处武家宅邸打交道，为他们提供马饲料的生意。我早先就认识这男子，所以与他闲聊了几句就走了。之后我就往四谷去，走到麹町四丁目左右时，那直七竟从后面追了上来，身边还带了个人，正是那个专心致志读瓦版的年轻人。

"直七叫住我，说：'抱歉，请您借一步说话。'我正好也有些在意那名男子，便随二人去了附近的鳗鱼铺二楼。这就是故事的开端。"

二

据饲料铺直七介绍，麹町平河天神[1]前有家叫屉川的鱼铺。说是鱼铺，其实还兼营外送饭食，规模相当大。年轻男子便是那家的儿子，名为鹤吉。他父亲源兵卫五年前去世，如今是母亲阿秋管账。鹤吉今年十九，父亲去世后便作为少东家接手铺子。阿秋虽是女子，但非常能干，将生意做得比丈夫在世时还大。铺里的厨子和伙计加起来共有五六名佣工。

若事情仅是如此，那着实可喜可贺，岂料近来突生了一场异变。屉川的鹤吉有个姐姐叫阿关。阿关面容姣好，精通各类技艺，被番町御厩谷一名年俸五百石的旗本福田左京纳为侍妾。不久，

---

[1] 平河天神：今东京都千代田区的平河天满宫。

左京正妻病逝，妾室阿关自然便身居与正妻相当的位置，在宅邸内的权势随即增大。众人传屉川生意越做越大都是托了女儿的福也并非全是虚言。事情到此还没什么，结果今年十月六日夜晚，左京大人和妾室阿关竟遭人杀害。凶手是仆役传藏。传藏是武州秩父[1]人，在宅邸里前后侍奉了六年，今年四月前后被阿关发现与婢女阿熊私通。按照武家惯例，这样的人不能不处理，于是阿关与丈夫商量后，今年八月便让阿熊回了老家。原本也该辞了传藏，但因他是在府内伺候了六年的老人，有些小聪明，往后兴许能派上用场，便将他留下了。

便是这个传藏在十月六日深夜潜入主人卧房，企图窃走匣子内的钱两，结果被醒来的左京抓住，他便抽出主人枕边的短刀将其杀害，随后又砍了阿关。待某位家臣听见动静赶来时，传藏已拉开滑门从院子口逃到了外面。

---

[1] 秩父：今埼玉县秩父市。

传藏只砍了主人和妾室，并未有任何收获，如此众人便不知他究竟为何犯下如此重罪。传藏壮起胆子，敲响了邻居高木道之助府邸大门。高木是主人左京的本家。左京本为高木家次子，而后成为福田家的养子[1]。传藏一见高木家的管事，便毫不隐瞒地说出了弑主原委。

"此事若泄露出去，五百石的宅邸可就要垮了。只消给我三百两金子，我就闭紧嘴巴回乡。"

他杀了主人不说，竟还跑到主人本家勒索三百两金子，管事也不禁对他的厚颜无耻感到瞠目结舌。

---

[1] 文中的情况很有可能是"婿养子"制度，属于招赘的一种，也就是将赘婿的法律地位改为养子。古代日本，当公卿贵胄、武士只有女儿没有儿子，或是儿子因故无法继承产业时，就可能会把女婿身份改作养子。与一般的"赘婿"不同的是，赘婿不用改姓，在妻家地位如同"儿媳"，不许纳妾；其妻才是一家之主。但婿养子必须改姓，而且法律地位为养子，并非赘婿，是一家之主，故而可以纳妾，但需以嫡妻之子作为继承人；其后代看似随妻姓，但本质上随夫姓。

但在那个时代，此事足以成为勒索的材料。主人被家仆所杀，家中又没有继承人，福田家自然会走向断绝。若将此事保密，自别处紧急迎入养子之后再宣布家主左京死亡，福田家或许能幸免于难。传藏便是看准了这一点，才企图向本家索要封口费。

他不但杀了人，还要勒索封口费，实在是无法无天。可恨归恨，由于前述问题的存在，管事也无法贸然拒绝。

"此事我无法擅自定夺。你先在此稍候。"

管事留传藏在房间里等候，自己去向主人禀报。道之助闻言也吃了一惊，派人穿过院子栅栏，往隔壁去看看左京和妾室的生死。家臣回报隔壁家主与妾室均已丧命。道之助愤然吩咐管事：

"传藏那厮不但弑杀主人，还敢勒索巨款，简直岂有此理！事到如今已无须考虑福田家的存亡。你去将他抓起来交给町奉行所，叫世人好好看看这不忠不义的无耻之徒！"

众家臣得了号令，立刻前去捉拿传藏，可传

藏已不见踪影。他着实狡猾，在等待管事回复时也一直注意着宅邸内的动静，很快发觉形势不利，便找机会逃之夭夭了。高木宅邸的人万般后悔于自己的疏忽，但为时已晚。

高木和福田两家先后知会官府，按例接受检视后，福田家的门楣便如预料中一样遭到褫夺。福田家没有孩子，家中除管事外还有家臣二人、仆役二人以及婢女二人。家门灭绝后，众人便各自四散离去。

既已正式报案，町奉行所自然必须着手追查案犯传藏的去向。此事与半七无关，他也没打算另外插手，但他知道大体情况，现下又听直七和鹤吉详细说明了一番。

"头儿，事情就是这样。"直七边回头看鹤吉边说，"阿鹤与他阿娘对此甚为不平，尤其他阿娘性子刚强，总说此事绝不能就此罢休。她还说传藏不仅是女儿的仇人，还是女儿夫家的仇人。犀川长年受福田大人照顾，此番福田宅邸一倒，管事和众家臣都各自散去，竟没人为大人报仇，实在令人痛心疾首。即便是农人和町人，复仇也是无罪的。她嘱咐阿鹤一定要找出传藏，堂堂正正为福田大人和阿姊报仇。"

在强势母亲的激励下，鱼铺的少东家决定为阿姊夫妇报仇。自那以后，鹤吉便去麹町八丁目的武馆修习剑术。半七这才明白，他之所以如此热情地阅读那份瓦版，是因为自己也有一颗复仇之心。

"所以头儿，我有事相求……"直七继续道，"阿鹤与他阿娘一心扑在此事上，您就当帮帮他们，命手下小卒搜寻一下传藏的下落，可否？"

"求您了！"鹤吉也以手点地，俯首请求道。

"我明白了。"半七点头，"原来如此。令堂说得没错。若是只做一季半季的流动仆从也就罢了，管事和家臣堂堂武士之身，却不顾主君后事，抽身而去，着实让人笑不出来。但你要亲自复仇的想法，也须得三思。"

半七告诫鹤吉，他并非福田家臣，不过是大人妾室的弟弟罢了，大抵无法公然跳出来为大人复仇。虽然也可说是为姐姐报仇，但传藏那样的罪犯理应遭差役缉拿，令其伏法，而不应私下寻仇。

"头儿所言极是，可若不能手刃传藏，我咽不下这口气，阿娘也咽不下这口气。只要能顺利达成心愿，我甘愿接受任何惩罚。"鹤吉仍执着道。

半七苦口婆心，试图说通眼前这个钻牛角尖的年轻人，但他无论如何也不肯松口。半七对他的这份倔强也讨厌不起来。

"既然你如此执着，我也无可奈何。你就如愿去寻仇吧。"

"多谢头儿，多谢头儿！"鹤吉喜极而泣。

"说起来，我们找到传藏并把他抓了倒没问题，可若你想亲手杀他，事情就有些麻烦了。传藏那厮身手如何？"半七问。

"应该不怎么样……"直七接过话头，"可他一刀杀了大人，接着又砍了阿关夫人，这身手有些好过头了。总感觉这里头有蹊跷……是吧，阿鹤？"

"阿娘也说这都是命……"

"什么命?"半七又问。

"眼下在此说这话兴许会惹人发笑,但……"鹤吉踌躇道,"传藏是用大人枕边的短刀杀的人。听说那短刀是吉良上野介大人的佩刀。虽不知福田家是如何得来的,但听说是府上世代相传的宝贝。"

"虽说是传家宝,福田大人竟将它带在身边,这嗜好当真奇特。"

"要说嗜好奇特,倒也真是。因那是吉良的短刀,历代福田家主都不会佩戴,而是存放在仓房中。只是几年前将仓房里的东西拿出来晾晒除虫时,正好被大人看见。也不知大人看中了什么,竟要拿来佩在身上。有人劝过他不要如此,但主公不以为意,说错的不是刀,而是使刀的人。他说,吉良是因自身的罪过而被人寻仇,而自己不做吉良那些坏事,却是要效仿吉良爬到四位少将 [1]

---

[1] 少将:少将为律令时代近卫府官职,正五位。四位少将即为特别擢升为四位的少将,被视为莫大的荣誉。吉良义央曾任从四位下左近卫权少将。

的位置上。因此，大人最终还是将它用作了佩刀。此后四五年无事发生，谁承想这回竟遇上这等事，大人和阿姊都死在那把短刀之下。阿姊平素就很在意那刀，说这吉良短刀不吉利，兴许真是隐隐有了预感。"

"刀剑作祟之事自古就有流传，想必吉良的短刀也是不祥之物。"直七若有所思地道。

"看来吉良的短刀也和村正妖刀[1]一样。"半七微笑道，"那短刀之后如何了？传藏带着逃走了？"

"不，被他丢在院子里了。"鹤吉说，"给宅邸善后时，有人说它不祥，不如直接折断，我就当作遗物要了过来。我打算用它杀了传藏，您觉得

---

[1] 村正本为室町时代伊势国桑名（今三重县桑名市）著名刀匠，千子派始祖。当时村正家族所铸造的刀均称为村正，在日本战国时代备受德川家康麾下骁勇善战的三河武士盛赞。相传德川家的人多次被村正刀所伤，德川家康认为村正打造的武器在诅咒德川家，会对德川家不利，下令禁止使用。当时的武将对这诅咒相当迷信，因此村正刀才被称为"村正妖刀"。江户时代之后妖刀传说备受欢迎，名刀村正自然受到波及，村正妖刀之名也就愈发响亮。

如何？"

"也好。若你用吉良的短刀成功复仇，泉岳寺里的那些英灵[1]兴许也会惊呼'大千世界，无奇不有'。"

玩笑归玩笑，半七其实十分同情年轻的鹤吉。若用同一把刀了结对手，那便是真真正正的复仇。半七告诫鹤吉将刀送至刀铺好生磨砺，之后便离开了。

---

[1] 指赤穗浪士。赤穗事件中的主公浅野长矩和赤穗四十七义士均葬于此寺。

三

　　半七从麹町去过四谷再回神田家中时，冬天的日头已快要下山。他去过澡堂，吃过晚饭后，善八来了。

　　"兴许因为时节到了，这天可真冷。"

　　"同感。年末总不会暖和。"半七笑道，"这大冬天的虽对不住你，但还是要劳动你一趟。这事说急不急，说不急也急，总之你尽力而为。"

　　"什么事？"

　　"算是帮人家复仇吧。"

　　"怎么跟唱戏似的。"善八也笑了。

　　"遇上这样的事，我倒也想唱一出了。原本该以虚无僧的扮相出场，但也不能真这么做。你听我说吧。"

　　听了吉良短刀一事后，善八点了点头：

"原来如此，这更像在唱戏了。那我们先从何处入手？"

"此案是四谷常陆屋负责追查，他应该已毫无疏漏地调查过一番，但我们只能重新调查一遍。直七和鹤吉说传藏是秩父人，但他身无分文，不可能回乡。话虽如此，待在江户也太过危险，他兴许已穿上草鞋逃出去了。这毕竟已是三月前的事，要追查他的行踪有些难办。"

"传藏的情妇在哪儿？"

"那人叫阿熊，十九岁，听说老家在堀江 [1]。"

"堀江是哪儿？"

"虽属下总国，但因在东葛饰，离江户不远。你知道是行德 [2] 附近就好。那边有个叫浦安的村落，村里又有堀江和猫实……"

"我知道了。堀江、猫实……有江户人大老远跑去那里钓鱼或者赶海。"

---

[1] 堀江：今千叶县浦安市堀江。

[2] 行德：千叶县市川市南部，江户川排水渠以南的地域名。

"对，对。总之是江户川入海口附近，一面靠海的地方。往昔还有个'堀江千户'的名号，非常热闹。但如今被行德和船桥[1]抢了光鲜，沉寂了不少。虽是渔村，但也有农户。听说阿熊是农夫宇兵卫的妹妹。照我判断，八月阿熊被赶出宅邸时，传藏大概和她约好会去找她，这才打算偷了主人的钱两逃走。"

"这么看来，传藏可能躲在阿熊老家？"

"问题就在这里。"半七歪头思忖道，"若他当初如愿偷到了钱两，应该会去堀江。可如今他身无分文，这就难说了。首先，阿熊被辞后是直接回了老家还是在江户某处做事等着传藏就不清楚。"

"难道跑一趟堀江也没用？"

"或许吧。但明知没用还要跑一趟也算我们这行的门道之一。终归眼下也没别的急事，咱们明天跑一趟吧，就当了一桩心事。"

---

[1] 船桥：今千叶县船桥市。

"头儿也去？"

"有人一道走，你也没那么孤单不是？既然要去，从深川坐船直接去行德更方便。虽有些冷，但也没法子。明早七刻（凌晨四时）就要起。"

"那就这么定了！"

议定之后，善八便离开了。

翌日清晨，江户各町地面上、屋顶上、树枝上，均远远近近地蒙上了一层白霜。半七和善八按照计划搭上前往行德的船，先抵达行德町。这一带的河川是极好的钓鱼场所，故而有不少人特地从江户赶来钓鱼，并将钓具寄放在客栈里。客栈也心知肚明，帮着准备钓船和随身吃食。其中以伊势屋最为有名，半七和善八便也落脚此地。

进入客栈，眼前有个先来一步的男子正在解绑腿。

"哟，三河町头儿，竟在这种地方碰上了……"男子回头唤道。

他是才兵卫，在下谷御成道开了家旧货铺，叫远州屋。他专卖古董茶具，又因时常进出各处武家宅邸，因此人品很好，举手投足也都彬彬有礼。

"当真是碰巧了，竟在这儿遇上你。"半七也笑道，"你来这儿做什么？冬日钓鱼？"

"不，我不是来消遣的，而是来拜佛的……我们五六个人一道去了成田山参拜 [1]。"

"结果你却中途与同伴分开，一个人来了这里？"

"这个嘛，正是如此，嘿嘿……"

才兵卫不知为何兀自笑了起来。双方虽都在二楼，但被分别领进了面街和不面街的两个房间。半七正闲适饮茶时，圆滑的才兵卫很快过来打招呼，拿出成田带回来的土产羊羹等物，对半七说是寻常点心，请他就茶享用。

"两位来这是……"才兵卫低声问道，"为了

---

[1] 江户时代开始盛行去成田山新胜寺参拜。因当时著名歌舞伎演员市川团十郎皈依成田不动，雅号"成田屋"，演出不动明王登场的戏剧，加之成田山距离江户较近，民众便于信仰，形成前往参拜的热潮。成田山新胜寺位于今千叶县成田市成田，为真言宗智山派寺院。

公务？"

"这个嘛，算公务，也算来玩一趟……"半七含糊道，"听说这一带是钓鱼的好去处……"

"果真是来钓鱼的？我也曾受街坊邀请来这儿钓过一次，但不会钓的人不管去哪儿都不会钓……"

才兵卫说了些自己的钓鱼糗事，然后回到了自己的包间。善八目送他离去后悄声道：

"那家伙从成田回来途中独自绕到这里，想必是看上什么宝贝了。"

"大抵是了。那家伙在生意上精明得很。"

半七问了女侍，得知才兵卫很快就出门不知上哪儿去了。由于善八说自己染了些风寒，海边的风又特别冷，半七二人便没再出去，在客栈里宿了一夜。

第二天风停了，是个十二月里罕见的大晴天。从这儿去一里外的堀江可走陆路也可走水路。半七和善八决定走陆路，吃完早饭便出了客栈，出门时又遇上了才兵卫。他也说要去堀江，三人便凑了一道，信步而行。

才兵卫虽如往常一样边走边圆滑地与二人交谈，但总感觉不太愿意与他们同行。最终，他在半道上借口要绕去别处，顺着条小岔道走了。两人没有耽搁，继续笔直前进。道路一边是退潮后的广阔滩涂，看着很适合赶海。一群群白色海鸟降落在海滩上。一问本地人，得知那些都是雪雁。

"原来是雪雁，白色的雁子倒是稀罕。"善八望着滩涂，忽然喊道，"头儿，快看！远州屋那厮不知何时绕到前头去了，正在那地方走着呢！"

半七顺着他手指的方向望去，发现才兵卫正徘徊在沙滩上，似乎在找什么东西。

"总不会是在捡贝壳。他跑去海边干什么？"
半七不以为意地经过。

两人抵达堀江后找到宇兵卫家，先跟近邻打听了一番，得知宇兵卫的妹妹九月初从江户回来过一趟，大约半个月后就又走了。宇兵卫不知为何不肯明说妹妹去了哪儿。外头有说她此番不是去江户，而是去船桥那边干活的；有说她是去八幡[1] 方向的; 还有说她这次不是去武家伺候, 而是去茶馆干活, 所以她兄长才不肯透露具体去处的。不管怎样, 近邻都说阿熊确实已不在老家。

半七又问是否有人从江户来找她。近邻回答阿熊离家后, 十月初来过两个江户男人; 当月中旬又来了一名男子, 在宇兵卫家住了一晚才走。除了钓鱼和赶海以外, 外乡人不怎么来此地, 故而陌生人都很显眼, 附近人都知道宇兵卫家曾来过两拨旅人。

半七又问来者的相貌和打扮, 得知第一次来的两人是四谷常陆屋的小卒, 似乎是来搜寻阿熊下落的; 第二次来的似乎是传藏本人。

"总之先去一趟宇兵卫家吧。"

半七率先迈步, 在深冬草木枯萎的田野间找到一家小农舍, 发现门口有一丛没有割掉的高大芒草。

---

[1] 八幡: 今千叶县市川市八幡。

四

半七在芒草后探看。农舍虽小，看着倒不算贫困。稀稀拉拉的篱笆围了相当大的一片空地。叶子落尽的水杨树下有一口水井。有一位看似主妇的妇人正在井边洗衣服。

半七和善八走进去探问。妇人擦着湿淋淋的手出来了。

"请问宇兵卫可在家？"半七彬彬有礼地问道，"我们是江户人，刚从成田山拜佛回来。这是一点小心意……"

半七让善八打开包袱，取出昨日收到的两盒羊羹。兴许是不敢随便接受陌生人的礼品，妇人有些迟疑，没有伸手，而是定定地望着两人。

"请问宇兵卫可在家？"半七再度问道。

"在家。"妇人依旧有些不安。

此时，一名二十八九岁的男子拎着两三根似从屋后田里拔来的萝卜来到井边。妇人跑过去小声说了几句。男子眼神惴惴地盯着半七和善八看了一会儿，接着将萝卜放在井边，来到门口。

"我就是宇兵卫。两位是从江户来的？"

"对。方才与尊夫人说过，我俩从成田山拜佛回来，中途过来叨扰。以前在番町武家宅邸做事的阿辰托我过来……"

阿辰是阿熊的旧同事。福田宅邸灭亡后，她便去了四谷一位城内僧[1]家里干活。宇兵卫似乎听过她的名字，立时亲昵地点头致意道：

"原来是这样。听说妹妹在番町宅邸伺候时，曾受她多方照顾……快里边请……"

宇兵卫似乎性子憨实，毫不起疑地招呼半七二人进屋。

"不，不必客气。我们也急着赶路。"半七在

---

[1] 城内僧：指能够进入江户城，在将军或大名身边负责起居杂务、清洁打扫等工作的僧人。

门口坐下，"我也不说废话了，请问阿熊姑娘怎么样？阿辰姑娘很担心她，托我们过来问问……"

"多谢关心。"宇兵卫恭敬行礼道，"两位大抵也知道，阿熊那臭丫头，竟做出那等错事，实在难辞其咎。"

"年轻人嘛，没办法。但听说后来又发生了许多事？"

"我也委实吃了一惊。九月初阿熊回来，起初还瞒着我。我见她不对劲，一再追问，她才坦陈自己因那般缘由而遭辞退。虽不知对方是谁，但与仆役之流苟合也没什么将来。我和她嫂子苦口婆心劝了一番，她看着也像幡然醒悟，说会与那男子一刀两断。然而她说回了乡下也没事干，要我让她再去江户做事。我们不太放心，但经不住她再三请求，只好再度放她出去。阿熊似乎当真断了念头，嘱咐我们万一那个叫传藏的男子来找她，要我们别告诉他自己的行踪。"

"这回去江户哪里做事了？"

"下谷一家叫远州屋的旧货铺……"

"远州屋……"半七和善八面面相觑。眼下旧货商才兵卫就在附近徘徊，阿熊竟就在他铺子上干活，实在是离奇的巧合。

"之后过了大半个月，我记得是十月十日，"宇兵卫继续说，"江户来了两名捕吏，问我们阿熊在哪儿，传藏是否来过……听他们说明原委后，我吓了一大跳。那传藏竟是如此罪大恶极之人。我当时由衷觉得，幸亏早早劝妹妹死了心。谁承想五六天后，那个传藏竟找上了门，把我们吓了一跳。"

"然后呢？"

"传藏似乎已从邻居处打听到阿熊不在家，一个劲问她去哪儿了。我们坚持说不知道，一口咬定阿熊没打招呼就离家出走了，眼下不知道在哪儿。他让我们收留他一晚，然后在这里过了一夜，第二天一早临走时又向我们借路费，可我们家哪有钱呀？但他坚持向我索要。我只好凑了三百钱给他。"

"他拿了钱就乖乖走了？"

"他说自己如今是通缉犯，不能久留。"

照理说，宇兵卫应当趁传藏留宿时知会村差役。但宇兵卫夫妇说，自己不但没有报案，反而借钱给他，确实有重大过错，但传藏实在太过可怕，他们也是没办法。

"传藏有没有说去哪儿？"

"他什么也没说。兴许是他胆子大，那晚睡觉时鼾声打得可响。"

聊到这里，有人站在门口枯芒草后偷窥，正是远州屋才兵卫。他与半七等人打了照面后似乎有些窘迫。半七和善八也有些为难，因为自己谎称受阿辰之托而来，可眼下这层伪装很可能被扒下来。当然，真到那时候，亮明身份就是了。半七觉得打听到这里也差不多了，于是起身道：

"好像有客人来了。那我就此告辞吧。"

"招待不周，还请见谅……请代我们问阿辰姑娘好。"

宇兵卫夫妇送两人到门口。事已至此，才兵卫也不好逃走，只能呆立原地。

"哟，你也来这儿了？"

半七丢下一句话后便大步离去。善八也默默跟在后头。待两人沿着田间路走了七八间距离，善八边往后瞧边说：

"头儿，远州屋那家伙有些奇怪。"

"约莫是看见自己送出去的成田羊羹搁在那里，吃惊了吧。"半七笑道。

"他来这儿做什么？"

"既然阿熊在远州屋做事，他们也不算全然没有关系。只是他为何特意绕路过来？"

"听他们方才说，常陆屋的人也来盘问过了？"善八思忖道，"既然如此，他们应该去远州屋找在那儿做工的阿熊问过了。照理说，远州屋一旦知晓阿熊与弑主的传藏苟合，应当会立即辞了她，怎的还若无其事地继续雇她？"

"远州屋应该四十来岁了吧？"

"差不多吧。外头都说，他都四十岁了，有妻有女，却还迷上那些个低贱女人，屡次三番捅娄子。那厮会不会也对阿熊出手了？"

"嗯，听屉川的儿子说，阿熊生得白白净净、五官姣好，丁点不像从小吹海风长大的。"

"对，对！"善八颤肩大笑道，"头儿，一定是这样！指不定是远州屋当着媳妇和女儿的面不好乱来，想着将阿熊养到某处二楼去，这回找阿熊兄长商议来了！年底诸事忙碌，他倒是逍遥自在。"

"不过，从他拿着羊羹看，想必去过成田山。"

"肯定是不那样说就出不了门，他才违心说去拜佛。这只狡猾的貉子，说什么中途离群，肯定是撒谎，准是打一开始就只有他一人。"

"哎，你还别嫉妒人家。"

"我才不是嫉妒。听说那厮往各家府邸里卖假货，没脸没皮地赚黑心钱，旧货铺同行都说他像个贼。"

半七不禁暗忖，善八如此在背后破口大骂，不知对此毫不知情的才兵卫此时正和宇兵卫夫妇商量何事？

五

嘉永六年（1853）的冬天过去，翌年嘉永七年的春季到来。虽然这年史称安政元年，但因改元发生在十二月初五，故而当时的人仍称之为嘉永七年。正月接连都是大晴天，比往年暖和一些。

福田宅邸除传藏外，还有乙吉、镰吉、幸作三名下人。主家灭亡后，他们各自四散，去了其他武家宅邸做事。半七料想传藏可能会去他们如今做事的地方，命手下人时刻监视，但他始终没有出现，也没有去远州屋找阿熊的迹象。

一月底，小卒幸次郎报告了这样一件事：

"传藏还躲在江户。有个曾在福田府上当差的年轻武士叫曾根鹿次郎，当时住进了牛迂神乐坂附近一位叫坂井金吾的旗本府里。那个曾根两三天前去小梅村光隆寺扫墓。光隆寺是福田家的菩提寺。当天虽不是福田忌日，曾根也寻了个空当过去祭拜旧主。祭拜完毕离开寺院时，传藏不知从哪儿跟过来的，竟正等在寺门前，说自己如今遭到通缉，做不了生意，日子困顿，让曾根施舍他些钱两。那厚颜无耻的劲头令曾根也目瞪口呆。照理说，即便遇上了旧相识，他也应该掩面逃开，谁知他竟主动搭话，索要钱财，当真是彻头彻尾的无耻之徒。曾根勃然大怒，本想拔刀砍死他，但转念想到自己如今已有新主，要为旧主复仇有些麻烦，于是趁传藏不备扭住了他的手，打算将他押到警备所。谁料传藏臂力不俗，竟挣脱了。两人扭打在一起。那一带路不好走，曾根的竹皮屐在融了霜水的道路上一打滑，顿时膝盖着地。传藏一把将他推开，一溜烟逃了。"

"原来如此，不愧是个敢弑主的，简直无耻至极。"半七也错愕地说，"也不知他是蠢还是脸皮厚，终归这样的家伙，下次兴许还会不知从哪儿冒出来。既然已知道他还在江户，你们更要注意些。"

十来天后，善八又打听出这样一件事：

"麴町四丁目有家酒铺叫太田屋，据说长年与福田宅邸往来。他家老板娘带着女儿和小厮在初午[1]那天前去王子稻荷神社参拜，听说当时在王子街道偏僻处遇见了传藏。他还是老一套说辞，说自己是通缉犯没钱过日子，要对方施舍些钱两。这回都是些女人和孩子，恐惧占了上风，听说荷包里的钱全被抢走了。当真厚颜无耻。"

一个弑主的通缉犯竟肆无忌惮地徘徊于江户市中并到处勒索旧识，半七觉得传藏简直岂有此理。

"若再任由这种人胡作非为下去，不仅会影响上头的威望，也让我们脸上无光。给我憋足了劲头把他揪出来！"

又过四五日，龟吉带来新报告：

"以前在福田家干活的那个阿辰，这阵子正在四谷坂町一个叫奥平宗悦的城内僧家里做事。两

---

[1] 初午：二月的第一个午日。这天会举行稻荷神社的庙会。

三天前晚上，阿辰奉主人之命去盐町，结果被传藏抓住，卷走了主人给的置办物什的钱，还将她拖进附近空地里逼问阿熊的下落。阿辰说不知道，但传藏不相信。他狠狠掐住阿辰的喉咙，逼她说出阿熊去处时，正好有两三个年轻武士经过。传藏虽慌忙逃走，但阿辰奄奄一息地晕倒了。那一带是常陆屋的地盘，他听说此事后立刻派人搜查，但已不见传藏的踪影。听说常陆屋也懊恼得很。"

"真没法子。"半七咂嘴道，"阿熊怎么样了？还是在远州屋？"

"还在那家旧货铺。"

"那传藏兴许会打听到消息找过去。你和善八商量一下，去附近盯着。但是，万一抓住了传藏，不要直接押到警备所去，先来通知我。"

"遵命。"

如此，他们毫不疏忽地布下罗网，可灾祸却降临在出人意料的地方。二月二十一日夜里五刻半（晚上九时）左右，远州屋老板才兵卫在浅草圣天下被人杀害。凶手用短刀或匕首刺进他的侧腹，尸体身上的钱袋也不翼而飞。据此，众人猜测应该是盗贼干的好事。

浅草今户有一处宅子，是日本桥一家字号"古河"的大铁器铺的别庄。才兵卫正是去那儿推销茶具的归途中遭了大难。他并非趁夜去圣天社祭拜，不知为何会去待乳山下。但有人说曾看见一个貌似才兵卫的人与一名男子边走边争执，于是有风声说这并非一般劫杀案。

虽然验尸时半七并未到场，但凶手是谁他大抵能够猜到。听完流言，半七和善八一起来到御成道远州屋。才兵卫的尸体似乎尚未领回，铺里的掌柜们都还没回来。

半七避开铺内众人，将婢女阿熊叫到了门外。阿熊年后已满二十，是个肤色白皙的大个子。

"你就是阿熊？你老实说，最近传藏可曾来过？"半七劈脸问道。

"来过。"阿熊老实干脆地回答，"前天晚上，我去町中澡堂洗澡回来的路上碰见了传藏。"

"他说了什么？"

"他让我跟他一起逃走。"

"逃去哪儿？"

"他没说，只叫我把自己的钱和衣裳都拿出来，跟他一起走。"

"你怎么说的？"

"我拒绝了，说自己不可能跟他这么可怕的人走。"

"传藏答应了？"

"他说他是为了我才做下那种可怕的事，还恐吓我，说如果我执意不肯，他不会轻易放过我和东家。"

"他做什么怨恨你东家？"

阿熊有些支吾。

"你东家做了什么遭传藏怨恨的事？"半七趁机追问。

"是他自己瞎想。"阿熊低声回答。

"恐怕不是瞎想吧。"半七笑道，"你东家肯定有足以遭他怨恨的理由，否则他也不会放任一个曾与弑主凶徒有染的女人在自家做事。"

"东家说他不在乎以前的事，让我在家里好好干。"

"他这么说有他的缘由。我可什么都知道。你东家去年年底为何要去堀江？"

阿熊抬脸看向半七，似在惊讶他为何知晓此事，但她却比预料中镇定。

"东家是为了生意……"

"什么生意？"

"收购雁毛……"

"雁毛？"

半七反问道。这意料之外的回答令他有些困惑。半七实在不知雁毛能有什么用。

"是。用在茶道上。"阿熊解释道。

半七自诩对世间之事均有所了解，但很遗憾不谙茶道。他只得屈服：

"要雁毛做什么？"

"做三羽帚 [1]。"

---

[1] 三羽帚：日本茶道中用于清扫炭炉、三角火架、茶釜盖上散落灰尘的小掸帚，由三根羽毛重叠制成，故称三羽帚。

阿熊到底在堀江长大，眼下又在做茶具生意的铺子上做事，因此向半七详细说明了雁毛在茶道上的用处。堀江沙滩上常有大量野雁落脚。雪雁群并不稀奇，但偶尔会有斑纹雁子夹杂其中。茶道中的三羽帚以野雁尾羽为上佳，其中更以白纹黑羽最佳，黑纹白羽次之，极受风流人士青睐，价格也高。而且同为羽毛，茶道却讲究不能用翅膀上的飞羽，而一定要用尾羽。但捡拾尾羽并不简单。阿熊的兄长宇兵卫曾在堀江海滩上偶然捡到黑纹和白纹尾羽并保存起来。

某次阿熊偶然说起此事，东家才兵卫高兴得瞪大了双眼，说要找机会去堀江请她阿兄将尾羽卖给他。当年年底，才兵卫因来年是四十一岁前厄之年，便去成田山拜不动明王，归途去堀江拜访了宇兵卫，并借着阿熊东家的身份顺利购得雁毛。不仅如此，他还反复嘱托宇兵卫继续多加留意，帮他收集尾羽。

才兵卫去堀江晃悠的原因就此明了。原来他雇用曾与凶犯有染的女人不是为色，而是为财。

做生意精明能干的他之所以收留阿熊，是为了从她兄长处购入贵重的尾羽。看来他当初避开与半七等人结伴，也是因不想泄露生意上的秘密。然而不仅半七和善八，连传藏也误会了阿熊和才兵卫的关系，怀疑他俩之间有超乎主仆的私情。

"你跟传藏解释清楚了吗？"半七问。

"当时天刚黑，街上行人又多，我无法详细解释，只是执意不肯跟他走，然后甩开他逃了。"

"他没追上来？"

"方才也说了，街上人来人往没个停歇，他就没追上来。"

"这事你和东家说了吗？"

"我没好意思说。"

看来误会两人的传藏一心将才兵卫视作情敌，一直尾随才兵卫的行踪，准备伺机下手。他等在才兵卫从今户别庄归家的途中，硬将他带到了圣天下偏僻处。两人争论一番后，传藏终于暴露了凶恶本性。与福田宅邸有关系的人中，应该没人知晓阿熊目前在哪儿做事。看来传藏不是从他人口中打听到的消息，而是偶然撞见了路过的阿熊。

　　"没想到因为我的缘故，竟发生了这样的事。我实在对不起东家。"阿熊哭泣道。

六

虽然已认定杀害远州屋才兵卫的凶手是传藏，但众人仍不知其下落。知晓那晚才兵卫造访今户别庄是为了兜售斑纹雁羽之后，半七等人总觉得冥冥之中似有种不可思议的因缘巧合。

直至江户樱花散落，杜鹃开始鸣叫着飞过，传藏这条恶鱼也未曾落网。半七等人自春末便卷入正雪绘马案，虽在六月十一日抓住了案犯重兵卫，却因缉凶时正好碰上淀桥火药厂爆炸，小卒龟吉和幸次郎都受了伤。所幸半七平安无事，但也累得休息了两三天。正雪绘马案件始末眼下无须赘述。

龟吉只受了轻伤，但幸次郎伤得很重。六月二十八日早晨，半七前往幸次郎家慰问，结果归途中又遇上了瓦版小贩。原来，二十六日夜里，日本桥住吉町大街上，常陆国中志筑村[1]的太田六助为父报仇，杀了仇敌山田金兵卫。

"又是复仇？"半七喃喃道。

想必屉川的鹤吉也买了这瓦版，又专心致志研读了一番。想到这里，半七心中似灌了铅般沉重。别说鹤吉，恐怕连饲料铺的直七都觉得自己不可靠而心生怨怼了吧。半七沉郁地顶着盛夏的烈日走回家。

到了七月，鹤吉提了中元节礼登门拜访。半七却感到无颜面对他。

"实在对不住。"半七歉然道，"我绝没有轻视此事，只是实在没有线索，束手无策，还请你再忍耐一阵子。"

"您哪里的话。上个月住吉町的复仇事件，听说苦主九岁时父亲被杀，他寻了整整二十年的仇人。再看看我们，这才一年不到……"

---

[1] 中志筑村：今茨城县霞浦市中志筑，旧新治郡千代田町北部一带。

鹤吉果真读了瓦版。他说今年是大人和阿姊死后的首个盂兰盆节，须得去坟前祭拜，然后便告辞回家了。外面恰巧经过一个灯笼小贩，不知为何，他的叫卖声在今天的半七听来分外寂寥。

"畜生，到底躲到哪里去了！"

半七一味感到焦躁不安，却无计可施。春天里时不时露面，到处勒索旧识的传藏，自才兵卫一事以来便销声匿迹。兴许是从才兵卫怀里搂走了一大笔钱用作盘缠，远走高飞了。

七月九日，今天是浅草观音的四万六千日。半七抱着些临时抱佛脚的心思，一大早便准备出门礼佛。

"喂，阿仙，给我些零钱。"

"知道了。"

媳妇阿仙从小橱柜的抽屉里抓了几个一分银和一朱银。

"够了吗？"

"嗯，够了。里头有不少台场银啊。"

"都说台场银成色差，我都尽量不收了……"

"咱们家的钱今天有明天就没了，成色好不好都无所谓。"

半七笑着接过一朱银，忽然又拿在手上端详起来。毋庸赘言，幕府为了抵御外国黑船，自去年九月起便在品川海面上填岛兴建炮台，称为台场。由于工事规模空前，花销也十分庞大。为填补空虚的国库，幕府自今年一月起发行新铸的一朱银，世人便通称其为台场银。当然，由于是应急发行的银钱，成色极差。而修筑炮台难度极大，工钱也就比一般多，规定一日一朱，正是用台场银支付。

当时流行一首俗曲："干脆死了罢，还是去台场？总比死了强，沙土肩上扛。"去台场做工虽赚得多，但一不小心便会落海丧命。世人都知那是赌命的活计。半七拿着台场银瞧了一会儿，忽然想起了什么事。

"我尽快回来。若有人来找，你就让他等等。"

说完他匆匆出门。半七拜过观音堂，穿过众多卖玉米、青酸浆的庙会摊贩，晌午饭也没吃，急急赶回了家。善八已在等着了。

"直接说正事。善八，你立刻去台场查一下介绍佣工的牙行。我也是刚刚才想到，传藏那厮兴许混迹在台场粗工里头。他反正是亡命之徒，正如近来曲子里唱的：总比死了强，沙土肩上扛。他豁出命去赚点酒钱也未可知啊。"

"原来如此，有道理。我这就去！"

善八立即跑了出去。

"故事就先讲到这吧。"半七老人说，"我至今仍旧纳闷，怎么就没早点意识到呢。明明每天看着台场银，却浑然不觉地过了这么久。有朝一日忽然回过神来，一切便迎刃而解了。当真奇妙。这样一想，总感觉破案靠的不是自己的智慧，而是神佛给的启示。"

"传藏当真在台场做工？"我问。

"那里虽有几百号粗工，但因有监管他们的牙行在，故而只需调查牙行就能知晓。传藏混进了芝地牙侩清吉麾下。由于佣工众多，哪家牙行都不可能详查每个人的来历。只要有四肢健全的人来应征，他们全都毫不客气地送去工地，因此非常适合传藏这样的人躲藏。没能尽早察觉这一点，的确是我半七疏忽大意，实在惭愧。

"善八在清吉组里查出了疑似传藏之人，但他不认识传藏，于是带着麹町饲料铺的直七悄悄前往辨认，后者指认的确是传藏。于是，我就去和清吉商议，嘱咐他绝不能让传藏逃走。如此一来，他便是瓮中之鳖了。"

"那是怎么复仇的？"

"怎么复仇的……若跟唱曲似的坐在台上娓娓道来，难免有些小题大做。简单来说，七月十二日那天早晨五刻（早上八时），屉川的鹤吉在直七的陪同下来到高轮。鹤吉用布巾包着吉良的短刀。由于事先已商量好，两人在海边茶摊里休息等候。我则带着善八和松吉去了清吉的棚子。由于这边也已事先打点妥当，棚子就将传藏赶了出来。我们立刻凑上去抓住他，但并未立刻绑上捕绳，而是由善八和松吉分别扭住传藏的两只手，将他拖到鹤吉等着的茶摊前。我也跟在后头一起过去，大喊一句：'传藏，你认命吧！屏川的鹤吉少爷要为大人和姐姐报仇！'同时，善八和松吉松开传藏的手。

"事已至此，传藏已无处可逃。他本该死心认命，任由鹤吉寻仇，谁料他双手一被放开，立刻拔腿就跑。鹤吉飞扑过去，用吉良短刀刺穿了他的后背。这若是唱戏，我便该是那头牌，展开白扇高举亮相，高呼'做得好、做得好'来褒扬他了。哎呀，我也觉得心头一块大石落地。

"顺利复仇后，鹤吉便在直七的陪同下前往警备所报案。若我们也跟去，难免将事情弄复杂，于是便将此事彻底当作鹤吉一个人的复仇，我们在茶摊休息片刻后便离去了。前面说过，这次复仇真论起来有些牵强，我便有些担心后续处置。不过嘛，毕竟传藏的罪状一清二楚，上头大约也多有宽恕，鹤吉竟也全身而退了。"

"那把短刀后来如何了？"

"听说屏川家送到福田家的菩提寺——光隆寺里去了，之后如何就不清楚了。仔细一想，复仇的地点是高轮，就在赤穗义士安眠的泉岳寺附近。那小刀也是吉良的东西。这其中的因缘巧合当真不可思议。若是不明就里的人听了这事，恐怕会以为是杜撰的哩。"老人笑道。

我告辞离去时，天上纷纷扬扬飘起了霏霏细雪。

03

鬼剃刀

一

上回写了极月十三日拜访半七老人时的事，其实十二月十四日也有份回忆。自江户时代以来，年市通常是深川八幡宫率先开启，设在十四、十五两日。我虽自小知道此事，却从未亲眼见过。正好那天天气好，我便心血来潮去了深川。

与今时不同，明治时代富冈门前町[1]的街道并不宽敞。两侧摆满了路边摊，挤得连车都开不进去。市集商人大多在神社境内出摊，但还是免不了溢到外头大街上去。到处都在贩卖吉祥物品。我漫不经心地边走边看，结果一名老人从路旁理发店里走了出来。

"呀。"

---

[1] 富冈门前町：今江东区富冈一丁目。

原来是半七老人。我有些惊讶，家住赤坂的老人竟跑到深川来理发？老人似乎察觉到了我的疑问，笑道：

"家住山手的人竟大老远跑到大川这头来剃头发，约莫只有我这样的闲人才做得出来吧。哎呀，其实我也不常来，只是途经这一带时顺便理一下。"

这家理发店的老板往昔在神田开铺子，与半七老人是江户时代以来的旧相识，因此老人偶尔过来这里，耳边听着剪子声，嘴里聊聊往事。老人说，这也是一种乐趣。

"今天也是来逛八幡宫市集，顺路过来一趟……你这是去哪儿？"

"我也是来逛市集的……"

"哈哈，对于现在的年轻人来说倒是稀罕事。回家路上是不是还要绕去洲崎看看？"老人笑着说。

"不，没那个力气。"我也笑了。

两人边说边进了八幡宫。老人在八幡神前恭敬礼拜。随后我俩在附近大致转过一圈又回到马路上，老人提议找个地方吃午餐。宫川鳗鱼[1]眼下肯定很挤，他便邀我去冬木[2]吃荞麦面。我跟着过去，老人带我进了冬木辩天堂。

这里便是立着芭蕉[3]俳句石碑"中秋月，绕池赏，不觉天已亮"的地方。明明是荞麦面铺，可店家领我们进入水池边的包房后，送来的竟是老人点的什锦汤、生鱼片、烤虾等菜肴。池边留有枯萎的芦苇和芒草，不知何处传来大雁的鸣叫声。

"真安静啊。"我说。

"这一带虽也变了许多，但还是不如赤坂那些地方变化大，依旧留着些江户风情。"老人也说，"方才我与理发铺的老小子也聊起了这个。连理发铺都和往昔不同啦。不过，听说现在还有来梳发髻的客人。眼下倒还好，有老头子待客。可等老头子百年后，再有客人来梳髻可怎么办？不

---

[1] 宫川鳗鱼：幕末至明治初期深川八幡宫前一家老字号鳗鱼食铺。

[2] 冬木：今东京都江东区冬木。

[3] 芭蕉：松尾芭蕉。

过到了那时候，恐怕也没人再梳发髻了吧……哈哈哈……"

听老人讲起江户的理发铺旧事可比读式亭三马的《浮世床》[1] 有趣多了。我接二连三地提出各种问题，听得津津有味。老人接着又说：

"现在你想留短发或干脆剃光头都没问题，但在往昔，断发可是一桩大事。若你愿意断发谢罪，犯了事大抵都可被原谅。正因如此，也有人为了泄愤而故意剪掉别人的发髻。换句话说，就是原本气得想让对方破相，改为剪断对方发髻，看似以小灾消大灾，但往昔的人并不这么想。对他们来说，断发犹如砍头，可怕得很。"

"以前好像有段时间经常发生剪断女人发髻的案件。"

"时不时会有。那种案子像是在调戏女性，用今天的话来说算是种色情狂吧。这类断发案都发

---

[1]《浮世床》：江户时代戏剧作家式亭三马所作的滑稽本。以江户的平民社交场所理发铺为舞台，主要以对话形式详细记录了三教九流的各式人物的生活状态。

生在昏暗的大街上，而且受害者都是女人。此外也有在家中莫名被剪发，或是睡觉时被剪发的案子，只是未曾频发，所以不知是谁干的。后来大家都认为是妖怪下的手。"

"受害者也是女性比较多？"

"确实多是女子。年轻女子一觉醒来就发现自己梳的岛田髻落在枕边，也难怪她们会哭哭啼啼。但也并非仅限于女人。男人也有被剪的。比如步兵营的案子，就有十一名男子的发髻陆续被剪断。"

聊到这里，烤虾之类已无甚所谓，我立刻摆正逐渐闲散的坐姿。

"步兵营……是幕府的步兵？"

"对。"老人点头，"幕府末期内外交困，幕府重新召集了旗本和御家人的次子、三子新设别手组[1]，又另外建立了步兵队。这算是幕府征兵，一般是将关东诸国农家的次子、三子们召集起来，

---

[1] 别手组：江户幕府为了护卫居留在国内的外国公使而设置的组织。

进行军事训练。元治元年（1864）开始征兵，至当年七月征集了一万余人。建立步兵队最初的目的，方才也说了，是尽量召集正直忠诚的农人进行严肃的训练。当时与现在不同，有一万士兵便足以有底气。只是征兵不顺利，最终演变成什么人都收，于是连江户近郊的地痞无赖都身披藏青棉窄袖袍，下穿肥大的改良裤，肩扛步枪招摇过市，因此步兵队在外的名声不怎么样。当然，军队里也不都是坏人，也有在明治维新时舍命战斗的人。只不过里头混迹着恶棍流氓，仗着步兵的身份欺压民众，三五成群地四处乱逛，去戏曲町大闹，去吉原惹事，在大街上调戏女子，也难怪他们在江户名声不好。"

"这一万人驻扎在哪里？"

"他们分为四组。剪发事件发生在神田小川町 [1] 的兵营，是第三番队。由于每一处都驻扎了两千多名步兵，营中建了好几栋大长屋，士兵就在

---

[1] 神田小川町：今东京都千代田区神田小川町。

111

这里起居。中间有个巨大的练兵场，兵士们每天都要在这里训练。现在想想，那应该是西洋式的军队结构。听说四十人为一小队，三小队为一中队，五中队为一大队。如此，每一小队都有各自居住的长屋。便是其中一支四十人小队当中发生了十一人发髻被剪的大骚动。"

"是睡觉时被剪的？"

"什么方式都有。有一觉起来发现发髻掉落的，也有走着走着发髻就飞了的。这十一人的发髻并非一夜之间不翼而飞，而是在二十余天里陆续被剪，大约两天发生一起事件吧。这事闹得很大。多名幕府步兵发髻被剪，这就跟睡梦中被人砍了头没两样，涉及步兵队的颜面。"

"那确实会闹大。"

"骚乱在所难免。根据被害者的说辞，第二个被剪的叫鲇川丈次郎。他半夜起来如厕，完事回房时，黑漆漆的走廊里突然窜出来个不知道是什么的东西。他吓了一跳，赶紧把对方挥开，手感类似天鹅绒或兽毛。他回房一看，发髻就没了。

第五个被剪的叫增田太平。他外出归来正要走进长屋时，看见黑暗中蹲着个什么东西，以为是狗跑进来了，便用足尖轻轻一踹，谁知那东西突然跳起来扑向增田。增田被撞得踉跄几步，差点跌倒，顺势闪进了屋，结果就发现发髻没了。撞到增田的东西也与鲇川那时一样，手感类似天鹅绒或兽毛。增田说当时光线昏暗，没能看清，但那东西应该比狗大。其余九人有在睡梦中被断发的，也有不知何时被剪的。总之有具体线索的只有鲇川和增田，两人的说法也大体一致。"

"这么说，是野兽干的？"

"对。"老人又点头道，"不知谁起的头，在江户时代，大众习惯认为这类断发是妖魔所为，抑或是猿猴或狐狸干的。前一次扑向鲇川的像是猴子，后一次扑向增田的则像是狐狸，总之大伙都觉得是野兽干的。兵营方面大约也是想尽力压住此事，秘而不宣，奈何人嘴不上锁，尤其这类风声特别容易散播，于是立刻引起了轩然大波。但奇怪的是，这次外头疯传的流言里，剪发怪物不是狐狸也不是猴子，而是豹子。"

对于往昔的人来说，猴子或狐狸剪人发髻不足为奇，但豹子就稀奇了。

"豹子干的……"我也歪头疑惑道，"这又是为什么？"

"哈哈，也难怪现在的人不明白……"半七老人笑道，"以前幕府步兵有'豹子''茶袋'等绰号。将棋棋子中的'步'全称'步兵'（fuhyou），意思就是'步兵'（hoHei）。[1]民众惯用将棋中的'步'来称呼幕府的步兵，传着传着就成了'豹'（hyou）。步兵虽穿深蓝棉制窄袖军服，但暑热时穿茶色麻衣，于是又有了'茶袋'的诨号……豹子也好，茶袋也罢，都不是什么好听的名字。从这一点也能看出他们着实不受欢迎。众人便说，既然是豹子被剪了头发，那惹事的应该也是豹子吧。哎呀，算是落井下石的玩笑吧。

"还有一点，之所以说是豹子，其实还因为大

---

[1] 日语文字为音节文字，常出现一词多音现象。

约两年前向两国曾有杂戏棚展示过豹子。由于豹子罕见，当时还风行了一阵子，只是不长久。后来棚屋离开向两国，去了各地神社、寺院里头表演，也去近郊的秋收祭礼上巡回。传闻那只豹子逃了，散播出众多流言，还说那豹子在王子一带咬死了三个孩子。当然这些都是无稽之谈，只是在流言传得沸沸扬扬之时正好出了断发之事，于是众人从将棋步兵与'豹'的联系中发出联想，猜测可能是豹子所为。以如今的眼光看来，这说法实在可笑，可当时却有人煞有介事地到处宣扬，也有人信以为真。那世道当真有意思。"

二

虽然似在吊各位看官的胃口，但此时我心中颇有些为难。由于半七老人不太会喝酒，女侍便很快将饭食端上了桌案。我们一言不发地吃完了饭，如此便无法在店里久坐。加之老人说自己还要去本所探访熟人，我也不好跟着他走。于是十分遗憾，断发案的故事只能暂且中止，我在先前的富冈门前与老人分开。

然而，以我的性子，着实无法就此放下听到一半的故事。于是第二天晚上，我冒着寒风前往赤坂，却得知老人染了些许风寒，天一黑便早早睡下了。我也不好在他枕边拿出记事本，只得匆匆回来。

过了两日，我又造访赤坂，兼作探病，得知老人已经康复，只是不巧有客来访。我再度铩羽而归。年末时节，我也很忙碌，便只在冬至那天早晨在老人家门口递上岁暮节礼，终究没寻到在年内听完整个故事的机会。

新年正月初五下午，我去赤坂拜年，与老当益壮的半七老人互道了新年祝福。之后我们一如既往闲聊起来，老人很快开口道：

"去年冬天在冬木说起的鬼剃刀……咱们来说说后续？"

"请。"

我正等着这个呢。老人还是操着那口明快的江户方言，格外流畅地讲述了起来。

事情发生在庆应元年（1865）二月至三月间。三月二十五日早晨，半七被召唤到小川町步兵营。小队长根井善七郎将半七领进接待室。

"您大约听过外头的传言，总之发生了让人极为头疼的事。一人两人也就罢了，哪知竟有十一人在二十余日里陆续被剪断发髻。此事惊扰众人，影响非常恶劣，首当其冲的就是步兵队在外的脸面。外头传着各种流言，什么猴子、狐狸、豹子……因此我等决定一旦见到那畜生便立刻射杀。步兵每晚持枪轮岗巡逻，却连个长毛的都没见到。还设了陷阱，也没有用。如此看来，此事似乎并非兽类所为，所以今日才叫你过来。可否劳你设法处理此事？"

根井说，步兵队员陆续被剪掉发髻，这不仅让当事人丢了面子，也关系到整个步兵队的颜面，甚至关系到幕府威望。步兵队原本名声就不好，此番又出了这等事，如今众人添油加醋，外头充斥着各种不好的风声，也难怪小队长根井忧心忡忡，急着尽早揪出罪魁祸首。

"此事确实让人为难。"半七说，"虽不知能否解决此事，但我会尽力而为。"

"那么，请你先巡视一遍长屋内部吧。"

根井领着半七前往第二小队的长屋。眼下正值练兵时刻，整个小队都在练兵场，因此宽广的长屋内空无一人。长屋设有厨房，厨房外有一口新挖的水井。根井解释道，大厨房在别处，由步兵轮值负责炊事，再将饭食分配至各队长屋，因此这里的小厨房只供各自队员饮水、洗漱之用。

一栋长屋内部隔成两间，铺满没有包边的琉球草垫。板门壁橱内似乎塞满了士兵们的私人物品。这本来就是演武场一般的空旷建筑，半七也没发现什么特别的东西。他走出屋子，又在长屋周围转了一圈。

当时的内神田与现在截然不同，神保町、猿乐町、小川町一带全是大大小小的武家宅邸，一户平民住居都没有。小川町的步兵营也是将土屋采女正[1]和稻叶长门守[2]的府邸建筑全部拆除后新建长屋和练兵场而成，只是有些地方还留着几分往昔庭院的模样。第二小队的水井旁有假山，往昔定是有人勤加修整，打理得十分雅致，但在一

---

[1] 土屋采女正：土屋寅直，常陆国土浦藩第十代藩主，公元 1837 年叙任从五位下采女正官职。

[2] 稻叶长门守：稻叶正邦，幕末大名、老中、京都所司代，山城国淀藩第十二代藩主，公元 1848 年继承家督，就任从五位下长门守官职。

年多后便极尽荒芜，只有六七棵树长得茂盛。其中一棵高大的八重樱树眼下正开得茂盛，惹得无甚风雅气质的半七也不禁仰头观望。

"开得真漂亮。"

"嗯，确实很美。"根井也仰望道，"当初觉得伐了可惜才留了下来，但樱花开在这种地方，大约也没什么劲头吧，毕竟地方煞风景。"

两人笑着回到原来的接待室。两人商讨了些事情后，半七便走出兵营大门，发现有个年轻女子似与门子说了几句便打算离开。半七定睛一看，原来是汤岛天神下一家叫藤屋的小食铺的女侍。

"喂，喂，阿房，你去哪儿？"

"呀，原来是头儿。"阿房点头致意道，"今儿天气真好。"

"你方才与那门子说了什么悄悄话？你们认识？"

"嗯，稍微有些事……我都跑了三趟了……"

"什么人让你这么想见？"半七笑道，"不过确实，这里头也不全是茶袋，也有长得俊俏的小伙子。"

"哎呀，您真会说笑……不是那样的。我还要被老板娘骂，当真伤脑筋。"阿房苦着脸道。

"哈哈，是来收账？那可真不是个好差事。"

"好不好另说，头疼是真头疼。"阿房又抱怨道。

原来今年正月初，四个步兵熟客去藤屋喝酒，离开时说要赊账。当时接待他们的女侍正是阿房。对方毕竟是步兵，若刚开春便让他们闹出事来就麻烦了，加之他们都是熟客，阿房也便无法断然拒绝。谁知这账一赊就赊到了三月，至今还没还上。

"是你自作主张让他们赊账的？"半七问。

"我去账房将此事告知老板娘，老板娘便问我有没有把握，我说应该无碍，老板娘才让赊了账，结果他们至今没还上钱。老板娘骂了我一顿，说既然是我担保的，就该我来催账。所以我前阵子就来催了，但每次不是说在训练不能见面，就是说休假外出了，总之不肯见我。"

"这确实伤脑筋。"

肯定是那群步兵吩咐门子，说如果藤屋的女

侍来了就把她赶走。半七认为，不管阿房跑几次，恐怕都要不到钱。

"本以为第二小队的人相对老实一些，果真还是一样无赖。"阿房又说。

"第二小队……那四个人是谁？"

"鲇川、三泽、野村、伊丹四位哥儿。"

"鲇川……是不是叫丈次郎？"

"对，就是丈次郎。"

鲇川丈次郎便是第二个被剪了发髻的男子。半七笑了起来。

"虽不知其他人怎样，但那个鲇川哥儿怕是没脸去你那喽。他那玩意儿被人剪了。"半七指着自己的发髻说。

"呀，这么说鲇川哥儿也……哎呀呀。"

阿房似也知道断发传闻，惊讶地仰头望着半七的脸。

三

半七当时住在神田三河町，离小川町不远。他辞别阿房后先回了家，发现龟吉和弥助正等着自己。

"听说兵营唤了您过去，是为了断发案？"龟吉马上问道。

"对，他们说案犯似乎不是猴子也不是狐狸。"

听半七说完大致案情后，两人思忖道：

"那假山有些奇怪。里头会不会住了什么东西？"弥助说，"毕竟去年发生过长州[1]宅邸一事。"

---

[1] 长州：长州藩，江户时期的一个藩，位于日本本州岛最西，藩主为毛利氏，藩厅是萩城，即现在的山口县萩市。长州藩离江户较远，历代藩主与德川幕府不睦。幕末时期，长州藩与萨摩藩结成萨长同盟，共同讨伐幕府。

蛤御门事变[1]之后，江户的长州藩邸便全被拆毁。但去年八月，幕府拆毁麻布龙土町[2]的长州藩外宅时，曾传出诸多流言，说什么突刮大风，内殿飞出大蝙蝠惊吓众人，等等。古老的大名宅邸往往容易传出此类怪闻，而假山作为宅邸遗迹，里头兴许真栖息着老狐、老猫也未可知。蛎壳町有马宅邸的防火瞭望台上曾栖息着一种怪物，被警卫活捉。此事登上瓦版，传至民间最终演变成"有马妖猫骚动"这种荒唐的妖鬼怪闻。此外还有其他类似的例子。正因如此，龟吉和弥助对此案还是存有一丝怀疑。

"虽然外头说是豹子干的，但豹子不可能闯入町镇中……"龟吉也说，"兴许是狐狸、貉子之流捣的鬼？而且那两个当事人不是都说遇上了类似野兽的东西吗？"

---

[1] 蛤御门事变：亦称禁门之变，指元治元年旧历七月十九日，即公元 1864 年 8 月 20 日在京都蛤御门发生的武力冲突事件。

[2] 麻布龙土町：今东京都港区六本木七丁目。

"虽无法断言，但小队长说得对，这案子里头有人为的味道。"半七笑道，"只是不知道案犯为何要那样做，故而不知该从何处下手追查。看来只能先顺着线索摸索了。弥助，你去天神下查一查藤屋的女侍阿房。尽量不要让她察觉。阿龟，你去盯着步兵鲇川的行踪。照今天的情况看来，阿房和鲇川之间恐怕有猫腻。"

"臭茶袋，倒还真风流。"龟吉也笑道，"是。我会仔细盯着的。"

"阿房应该有个哥哥，听说那家伙也爱赌几把小钱。"弥助说，"兴许那茶袋也是个二流子，入队前就跟阿房认识。"

"这么说，是有人因情场旧怨而剪人发髻？"龟吉略略思忖道，"可受害者多达十一人，总不会个个都闹了情场纠葛吧？那里头若真有那么多俏美男，就算是茶袋也会受世人追捧。总之我先跑一趟。"

两人匆匆出发。鬼剃刀案若是人为，相比于一般的胡闹，此事做得未免太过细致。半七边吃

125

午饭边琢磨，究竟是谁出于什么目的做出这样的浑事？正当半七推演出一个大概时，小卒幸次郎风风火火地闯了进来。

"头儿，我打听到个好消息。"

"好消息……天上下钱雨了？"

"您真会开玩笑。是这样的，浅草代地河岸[1]一个叫阿园的女人家里遭了贼。那贼人对她家老母和婢女的东西不屑一顾，却将阿园的衣服一股脑儿全扛了出去。光这样倒没什么，只是听说那贼人临走前将阿园的发髻整个剪掉带走了。"

"阿园是什么人？"

"以前在深川卖艺，后来被某个老爷赎身，如今和老母、婢女三个人住在代地。年纪二十三，长得不错。她曾是风尘女子，因以前的情色纠葛被人剪掉发髻倒是有可能的，可那贼人连她的衣服都全部卷走，不免有些粗暴。若是单纯的入室偷盗，贼人也不至于带走她的发髻。听说案犯有

---

[1] 代地河岸：今东京都台东区柳桥一丁目附近河岸。

两人。"

"怎么倒流行起剪人发髻了？这流行实在不好。"半七咂嘴道。

"兵营一事闹得尽人皆知，看来这次不是有人胡乱模仿，就是有什么内情。"幸次郎似乎有些拿不定主意。

半七心想，此次大约是无意义的模仿。谨慎起见，他又问道：

"阿园的老爷是谁？"

"她们瞒得紧，所以不清楚，但肯定不是平民。据近邻说，似乎是某位旗本老爷或某大名府宅里的留守家臣……"

"老爷是武家人？"

"阿园疯疯癫癫地又哭又闹，说什么衣服被偷无可奈何，但发髻被剪实在对不起老爷，差点跳进代地河岸，被她家老母和婢女哭着拦住了。邻居们也出来劝阻。唉，听说闹得人仰马翻。"

"既然老爷是武家人，那断发凶犯也不一定只是在模仿。你有没有办法查清那老爷是谁？"

"那没问题，去套一套阿园老母和婢女的话就能知道。听说那老爷曾搭附近小岩轿行的轿子回去，只要去打听一下，应该大致能知晓是哪处宅邸。我这就去查。"

"如果那个老爷与步兵队有关，这案子就更有意思了。"半七饶有兴致地说。

幸次郎离开后，半七又闭眼思考了一阵。对于此案，他一开始便有推测，只是没有多少把握。代地的断发事件极可能印证半七心中的猜想，端看事情接下来如何发展。半七兴致勃勃地等待着小卒们的报告。

这个春天难得少有火灾，但傍晚刮起了大南风，天气也乍然变暖。半七想，步兵营里的那株八重樱想必已被吹得七零八落。春逝花散落乃是常理，无可奈何，半七只希望这大风不要引发火灾。将近五刻（晚上八时）时，弥助揉着眼睛回来了。

"风大，沙尘也不得了，走路时连眼睛都睁不开。"

"辛苦了。这风也太大了。"

"您吩咐的事情我查到了。我向藤屋老板娘打听，发现阿房的说辞不全是真的。正月来了四个步兵并且赊了账不假，但听说钱已经还上了。看来阿房果真与步兵鲇川有染，时常找借口去兵营寻他。今儿正好被您撞见，便随意扯了个口实搪塞。阿房今年二十岁。她兄长米吉是个无业游民，成天混迹在大名或旗本宅邸仆役住的大通铺里，当然也会去妹妹那里索钱，结结实实一个米虫兄长。"

"阿房的情郎鲇川是个什么样的人？"

"他不是江户人，而是武州大宫[1]乡下某农户家的二儿子，家境还算殷实。听说他来江户原本想进武家宅邸当随从，正逢江户募集步兵，便立刻应征，进了第三番队第二小队。年龄二十三，肤色白皙，老实温顺，听说在茶袋中间是有名人物。"

---

[1] 大宫：今埼玉县大宫市。

"他在江户可有亲戚？"

"这我不清楚……"

"毕竟这方面由阿龟负责调查，他应该会设法弄清。你今晚就先回去吧，明天早些过来。"

弥助离去时，风中夹带雨丝，吹得更烈。半七躺在衾被里，耳边听着风雨声，脑中思考着案情。突然，龟吉在外头敲门，随后湿淋淋地进来，说是风实在太大，没法打伞。他擦干头发上的水渍，在半七枕边坐下。

"若只有步兵的事，其实可以明天再来。只是我还打听到了一些事情，就半夜跑过来了。"

"什么事？"半七又坐起身。

"这阵子闹哄哄的，没个消停。昨晚下谷金杉一家小当铺高崎屋又遭了贼。"

江户近来确实动荡，当街砍人、入室偷盗之事层出不穷。光这样倒不稀奇，只是龟吉的报告里的确有东西引起了半七的注意。

"昨晚四刻（晚上十时）过后，有两人闯进高崎屋盗走了五十余两。掌柜十分沉着，一直默默盯着贼人。昨晚天热，其中一个贼人摘下了黑面罩，又是擦额头上的汗，又是挠头发。听掌柜说，那贼人头上没有发髻。"

"没有发髻……"

"他说，不知是贼人自己剪的还是被别人剪的，总之没有发髻。即便最近断发案频发，断发贼人依旧罕见。掌柜请求差役顺着这条线索追查下去。"

"其实今日午后幸次郎来过，说是昨晚有两人闯入浅草代地一个叫阿园的外室家中，剪下她的发髻带走了。"

"也是两人一组？"龟吉警惕道。

"是。"半七点头，"只是代地二人组是剪了女子的发髻，而金杉二人组则是自己没了发髻。从时间上来看，浅草那伙人也不是不可能跑到下谷去，只是不知从代地盗来的赃物如何处置。是他们有其他同伙，还是两边不是一伙人？有些难下判断。"

"事情越来越复杂了。"

"话说回来，你的差事办得怎么样了？"

"大致查过一遍了。"

龟吉的调查结果与弥助说的差不多。第二小队的鲇川丈次郎是武州大宫乡下农户的次子，二十三岁，是步兵当中罕见的肤白温和之辈，最近被同队队员带着四处喝酒。他经常出入天神下的藤屋，与阿房熟稔也是事实。据说在深川海边河岸的万华寺的住持是他的远房亲戚，他正是在万华寺住持的担保下入了步兵队。不仅鲇川，其他十名遭断发的步兵依旧如常参加操练。龟吉说，除此之外就没什么特别的了。

四

第二天三月二十六日，昼夜相继的风雨在黎明时停歇，天空俄然放晴，碧空万里。

近来世局动荡，观赏残樱翠叶的风流人少了，樱花散落后的隅田堤 [1] 也显得寂寥。堤坝下庄稼地里的青蛙白天也叫得相当响亮。两个男人从堤坝下的小食铺里走出来。

其中一个是身着窄袖军服、西式改良裤，头戴菅山笠 [2] 的步兵。另一位则是身穿羽织和裙裤

---

[1] 隅田堤：江户时代自向岛三囲神社至木母寺之间的隅田川河岸，又称墨堤，是东京都墨田区墨堤大道的一部分，在江户时代是有名的赏樱胜地。

[2] 菅山笠：以纸捻编织而成，上涂黑漆的扁平圆锥形笠帽。江户末期在伊豆菅山代官江川太郎左卫门的安排下成为进行炮术训练的兵卒制式帽。

的武士装扮，也戴着斗笠。两人喝个烂醉，又见街上没其他人，便一边走一边高声喧哗，最终爬上堤坝，进了一处茶棚。最近茶棚似乎不做生意，外围的苇帘子被昨夜的雨水淋湿，里头也不见人影，正好方便两人。他们拉出放在一边的长凳，面对面坐在两头。

"好热啊，完全是夏天了。"武士扇着扇子说。

"白日里已经是夏天了。"步兵也说，"尤其昨晚那阵风雨过后，天一下热了起来。"

"方才那事你要好好转告增田君，不能就此停下……"

"是……"步兵的回话有些迟疑。

"今天若是增田君也一起来就好了……"

"听说增田君跟着两三个人去吉原玩了。"

"哈哈，大伙都爱玩。"

步兵每逢一、六日休沐，当天早晨六刻（早上六时）至傍晚七刻（下午四时）允许外出。想来这名步兵也是休假外出。两人又闲聊两三句后便从长凳上站了起来。

"那就有劳你了。"武士说。

"是……"步兵依旧答得不痛快。

"若你不放心米吉，下次我可以直接给你。"

"嗯。"

他们似乎不打算一起离去。武士先走一步，径直往吾妻桥方向走去。步兵留在原地发了一会儿呆后也起身走出茶棚。他眯眼望着樱树叶隙间漏下的阳光，下到堤坝的另一边，走向竹屋渡口。

武士和步兵都没脱下斗笠。不知内情的人听了他们的对话，应该不会觉得暗藏玄机，只是不巧有四只耳朵偷听到了其中的秘密。两个蒙着面的男子悄悄从茶棚后出现，正是半七和龟吉。

"你可认识那个武士？"半七小声问道。

"不认识。"龟吉回答，"步兵肯定是鲇川。"

"那人说，'若你不放心米吉，下次我可以直接给你'。"

"米吉是阿房的哥哥。"

"对。"

"要不要继续跟踪那个步兵？"

"白天虽不好办事，但还是再跟一会儿吧。"

"开船喽——"渡船船夫的大喊声传来。龟吉一惊，连忙跑下堤坝。半七则走进空无一人的茶棚吸了管烟。他似已胸有成竹，心情舒畅地望着飞过堤坝中央的燕影，一个人爽朗地笑了。

半七推测，步兵队的断发凶犯不是猴，不是狐，也不是豹，而是人。倘若是人，首要嫌犯便是鲇川丈次郎和增田太平两人。其他九人都毫无头绪的事，只有这两人声称被类似野兽的东西袭击。半七认为，兴许是两人剪了其他九人的发髻后，为了洗脱嫌疑而有鼻子有眼的胡说。

不过，鲇川和增田为何要这么做？恐怕他们并非单纯捣鬼，也非报复旧怨，而是受人之托。想必他们已被人收买，为了败坏步兵队的威信而如此胡闹。只是事情闹得太大，他们近来收手了一阵，但搞不好原本是想剪了所有小队成员的发髻。

因着藤屋阿房的关系，半七首先怀疑鲇川。一旦与茶馆女之流有染，必然缺钱，而人一旦缺钱就不知会做出什么样的事。半七的猜测初步应验，今日休假被允许外出的鲇川去了向岛小食铺与方才的武士秘密会面。阿房的兄长米吉似在中间转交钱两。半七自信地认为，知道了这些，此案告破不过是时间问题。

剩下的问题就是，代地和金杉两起入室偷盗事件中，遭断发的受害者与主动断发的加害者之间是否有关系。而要弄清楚这点，半七不得不等待幸次郎的报告。

半七边想着各种问题，边从空茶棚返回，往吾妻桥走。日头热得越来越有夏天的样子，他便躲到了树荫底下。走到水户宅邸的大锥树下时，堤坝下传来正在庄稼地里捉泥鳅和小鲫鱼的孩子们的声音。

"啊，这里有个死人！"

"没死，是在睡觉！"

闻言，半七从堤坝上往下探看，只见一名男子正靠着树桩子睡觉。

"这是醉倒了吧。"半七想。

谨慎起见，半七走下堤坝，凑近男子身边。从男子的打扮来看，也看不出这人是正经商人还是浪荡闲人，头发似剃光头后长出的毛刺，乱蓬蓬的。男子的确是醉倒了。

"喂，小哥，你怎么大白天的睡在这儿？"半七凑过去摇晃道。

男子看似睡得迷迷糊糊，但好像留有戒心，人一摇立刻睁开了眼。见到站在面前的半七，他立刻起身整了整衣襟，接着下意识拉了拉两边袖口。半七心想，那动作很像和尚在整理僧衣袖口。

"你是和尚？"半七问。

"不，不是。"他有些慌张地答道，"我是工匠。"

"那可真稀罕。你就顶着这么颗头去工地做事？"

"和人起了争执，被剪了发髻。头发长出来之前没法出门做工，无奈之下整天无所事事。"

男子肤色青黑，三十来岁，半七怎么看怎么像破戒还俗的僧人。他似想避开与半七交锋，故意打了声哈欠，揉着眼睛准备抬腿离开，谁知怀里沉甸甸的钱袋突然掉落在地。他慌忙想要拾起，却被半七按住了手。

"喂，慢着，你掉的东西真够沉的。让我瞧瞧。"

"给你瞧……"男人警惕地瞪着半七，"检查别人的钱袋，你是何居心？你是扒手还是强盗？"

"你才是强盗吧？"半七笑道，"总之给我看看。"

"谁要给你看！"男子挥开半七的手，强硬地捡起钱袋塞进怀中。

"所谓贼人午睡，夜有所图。你揣着那么沉的一个钱袋在大路旁睡觉，自然要查。但不是我要查，而是这捕棍要查！"

半七亮出怀中捕棍。

五

第二天，半七到步兵营面见小队长根井善七郎。

"二十四日晚上，有贼人闯进浅草代地河岸一个叫阿园的女子家中，您可知晓？"

"不知。"根井回答，"那个阿园是什么人？"

"其实……"半七低声道，"是大队长养的外室。"

大队长箕轮主计之助是六百石旗本。根井完全不知道长官在代地河岸金屋藏娇，箕轮本人自然也不会声张。如今此事被半七戳破，虽事不关己，但根井还是尴尬得皱起了眉头。

"这事怎么了？"

"我让手下的幸次郎去调查，得知包养阿园的老爷就是箕轮大人。阿园被两个闯入的贼人剪掉了发髻。"

"遭人剪了发髻……"根井的脸色愈发阴沉，"莫非贼人知晓她是箕轮大人的外室，才这么干的？"

"我认为是这样。"

"难道这剪发贼人与步兵一事有关？"

眼下这情况，任谁都会产生如此疑问。半七将声音压得更低：

"我认为有关。应该是贼人没法剪掉大队长的头发，才转而剪了他小妾的发髻。一个不小心，这兵营里可能还会有人断发。"

根井似乎察觉了半七的意思，也压低声音道：

"这么说，那断发贼人……是兵营里的人？"

"我认为是鲇川丈次郎和增田太平两人。"

"鲇川和增田……可有确凿证据？"根井正了正坐姿道。

"昨日午后，我在向岛水户大人府邸前的堤坝下抓住个可疑人物。"半七说明道，"是个还俗僧人，怀中揣着大约二十两金子。他意图反抗，被我擒住审问了一番，原来他本是深川海边万华寺的勤杂僧，名为良住。如您所知，万华寺住持是鲇川丈次郎的亲戚。良住因品行不佳被逐出寺院，如今居无定所，游手好闲。但他曾待过万华寺，故而认得鲇川。还有一事未与您说。还是在二十四日的晚上，下谷金杉的当铺高崎屋也遭两名贼子破门而入。掌柜说其中一人断了发。这良住似是打算还俗，留长了他那头毛刺，看着很像被剪了发髻。加之他怀里还揣着与他身份不符的巨款，我便怀疑他就是闯进金杉当铺的贼人，严厉审过后发现果然如此。"

"那另一个同伙是谁？鲇川？"根井迫不及待地问道。

"不，此人您不认识……汤岛天神一家叫藤屋的小食铺里有个婢女叫阿房。她有个无赖兄长叫米吉。"

"这么说，这两人与兵营无关？"

"正是。"

但也不能说完全无关。鲇川丈次郎因阿房认

识了米吉，似乎是从米吉那儿拿了钱，接下剪人发髻的差事。半七解释道，大约增田太平也因沉溺酒色而囊中羞涩，受了鲇川和米吉的笼络。

不知该用灯下黑还是眼皮底下起火来形容，犯人竟然就是自己的部下，小队长似也颇感意外。但最重要的问题是，买通他们剪断他人头发的幕后元凶究竟是谁。根井考虑半晌，说道：

"如今这世道，根本不知谁会做出什么事。但对于此案，我当真一点头绪也无。你已查清了吗？"

"我只抓住了还俗的和尚，还不知同伙米吉的下落。"半七回答，"良住说他与断发案无关，因此暂未能查清出钱的是谁，幕后指使者又是谁。"

"嗯，这些审问一下鲇川和增田应该能得知。"

"所以我今早才来叨扰。"

"有劳你通知我了。"根井立即打算起身，"不过，代地那事……剪掉阿园发髻的人是谁？依旧是鲇川和增田？"

"我认为是的……"

兵营的门限是傍晚七刻，之后便不准外出。然而，步兵往往出去夜游。根井说，往后对此类情况必须严加处置。鲇川和增田应该也是半夜偷溜出去袭击了阿园家。正因步兵如此缺乏纪律，风评才会如此之差。根井明知如此，但仅靠他一人的力量似乎也无济于事。

即便如此，他在半七面前仍一再强调今后定会严加管束。

"我现在就去审问鲇川他们，请你在此稍等片刻。"

根井留下这句话后匆匆离去，不久后又返回。

"增田去了练兵场，我决定立即提审。但鲇川昨晚似乎并未归队，兴许是察觉事情败露，畏罪潜逃了。"

"我早已吩咐小卒龟吉尾随鲇川，应当能知晓他的下落。"半七说。

"倘若那厮又干出什么恶事遭纠察差役缉拿，又要给步兵队丢脸！请你一抓到他立即将他绳之以法！"

当时掌管江户市内纠察差役的是庄内藩[1]酒井左卫门尉。其巡逻队与步兵队向来水火不容，时常发生冲突。站在江户治安的立场上说，巡逻队处置胡作非为的步兵队理所应当，但这却让步兵队心怀不满，导致双方经常相互对峙。想来根井委托半七缉拿鲇川也是不想让他落在巡逻队手上。半七心知肚明，应下此事后离去。

回到三河町家中，龟吉已在等着了。

"昨日登上船后，我继续尾随鲇川。他自竹屋渡口渡河去了今户，接着晃晃悠悠地往花川户方向去，结果对面来了米吉那厮，两人就遇上了。我想这下有意思了，哪知他们竟站在大路中央谈起话来，愁死我了。大白天的，又是大马路，我没法凑过去，只能远远偷瞧。那两人脸色都不好，像是起了争执。只是往来行人很多，他们不能一直吵下去，最后勉强各自走开。鲇川之后去了天

---

[1] 庄内藩：江户时代位于出羽国田川郡庄内（今山形县鹤冈市）的一个藩，藩主是谱代大名酒井氏，藩厅是鹤冈城。

神下，又进了那家藤屋食铺。"

"听说鲇川昨晚就没回兵营。"

"那浑小子，难道在藤屋过夜了？或者拉着阿房私奔了？"龟吉瞧着半七的脸色问，"怎么办？现在就去藤屋看看？"

"对。让他们私奔了可就糟了。你不用顾忌，见了他们立刻抓起来。这是小队长的意思。你快去。"

半七前脚刚赶走龟吉，后脚弥助又来了。

"头儿，听说藤屋的阿房昨晚没回去。"

"她和鲇川在一起？"

"对。白天鲇川来喝酒，日落后要回兵营。阿房跟着出去送客，再也没回来。"

"糟了。"

半七叹了口气。若当时阿龟耐着性子继续盯住藤屋，或许还能打探到鲇川和阿房的消息。可他见鲇川进了藤屋，以为后续不会再有变，就收工回来了，如今一想实在是疏忽大意。正因龟吉的此番疏忽，此案的后半段了结得甚为糊涂。

六

"凡事皆不可大意。正因龟吉掉以轻心,这次查案被搅得乱七八糟。他事后也非常后悔。"半七老人说。

"那两人就此杳无音讯了? "我问。

"是。我让幸次郎去鲇川的故乡大宫乡下搜查,没找到他们回去的迹象。当然,江户市内和近郊也没有他们的踪影。不久之后便是明治维新那一番大动静,自然无法再追查下去。对于两人来说,改元明治倒是幸事,想必他们应该在某处光明正大地过活着吧。世道一变,有时能捡到大便宜。"

"增田被抓住了吧? "

"如前所述,他招供断发事件的确都是自己和鲇川所为,闯入代地河岸阿园家的也是他们两个。但麻烦的是,审问期间让他越狱逃走了。步兵队一再出纰漏，真是没办法。"

"究竟是谁买通他们？"

"这是最重要的问题，但增田坚称自己是被鲇川和米吉笼络，只在最初拿了十五两，第二次拿了二十两，并不知晓幕后元凶。无奈找不到鲇川的下落，审问也进行得不顺利。不久后，增田成功逃走，同样下落不明，线索也就全断了……用今天的话来说就是如堕五里雾中。"

"可不是还有个米吉吗……"

"米吉也没了指望。"

"怎么说？"

"没过几日，我们便发现他的尸体漂浮在王子一带的河面上。"

"被杀了？"

"被豹子咬死了……"

"真是被咬死的？"

"唉，外头是这么传的……"老人笑道，"我没亲眼见过尸体，但听说是被某种野兽咬了。兴许是野狗吧。他与还俗和尚良住一起入室偷盗，按理说应该狠狠捞了一把，想必是去某处仆役通铺里鬼混时被打死了，或是被地痞无赖盯上，又或有其他原因，总之被人打死丢在王子一带的荒郊野外。然后他的尸体被野狗啃得乱七八糟，最后滚落河中了吧。不过当时外头都传他是被豹子咬死的。"

"杂戏棚里的豹子真的逃了？"

"据说是逃了，实际好像是随杂戏班子从上州巡回去了野州一带。应该与米吉之死没什么太大关系。"

"这么看来，线索确实都断了。"我失望地说。

"正是。若良住与断发案无关，接着便该审问鲇川和增田，结果两人都行踪不明，阿房也一样，仅剩的米吉也传闻被豹子咬死，涉案者的线索就此断绝。据兵营方面推测，此案幕后恐怕是某大名宅邸，企图通过操纵鲇川等人来给步兵队泼脏水。大抵是那些反对幕府的大名……不过大名本人恐怕不知情，应该是家臣们的阴谋，想给幕府找不痛快。据说此案是萨州府邸里的人暗中提供运作资金，搞出这样的乱子，企图损害步兵的威信。现在想想，那事简直像小孩子胡闹。但在那个时代，这种胡闹非常有效，也不知是谁想出来的点子。

"若真是如此，由于米吉这厮成天混在大名府仆役大通铺里赌博，应该是他先被人收买。米吉通过阿房笼络了鲇川，之后又拉拢增田。这出戏的脉络大抵如此。往昔做歹事的人都是这样，鲇川也好，增田也罢，本来闭上嘴就无事，唯独他俩要说什么见到了断发元凶的话，到处宣说什么天鹅绒触感和遇见野兽，这才露了马脚，反被我们盯上。

"按照增田的供述，他和鲇川虽然加入了步兵队，却每日忙于训练，已然无法忍受。加之迈入了纸醉金迷的生活，两相对比之下，更衬得兵营生活太过拘束。两人本想干脆当逃兵，正逢有人委托他们断发一事，他们出于贪欲便答应了。后来搜查越来越严，他们便隐隐害怕起来。这时，有人通过米吉给他们秘密下达袭击大队长外室的命令。鲇川和增田商量之下，决定干脆化身强盗，捞一大笔钱逃之夭夭。原本约好两人剪掉妾室发髻后，报酬各十五两，谁知中间的米吉私吞了这笔钱，不肯交给二人。双方争执期间，胆小的鲇川竟然心一横与阿房私奔了。增田则狠不下心，磨磨蹭蹭，结果被捕。从外宅偷来的赃物都放在米吉家，还未来得及处置，后来全部送还阿园手中。"

"米吉真是个坏坯。"

"他原本不算太坏，只是突然恶向胆边生，一边操纵鲇川和增田从中牟利，一边又和良住一起入室偷盗。做下这种种坏事中饱私囊，结果一朝运尽，俄然身死。或许杀他的不是大通铺的赌友，也不是游手好闲的伙伴，而是幕后宅邸为了保密杀了他灭口。总之，事情大致就是如此，再多的我也不得而知了。"

"到最后也不知幕后黑手是谁？"

"有猜萨州的，有猜长州的，但终究都是臆测，没有确凿证据，无法公然发难，只好不了了之。三田的萨摩宅邸里潜伏着大量浪人，经常在江户闹事。最终，负责市内纠察事宜的酒井侯爷出面追剿，派人炮轰了萨摩宅邸，这事应该尽人皆知吧。因为这场炮击，芝地金杉、本芝、田町一带全被烧光了。"

"那个叫良住的和尚当真一点不知情？"

"从他与万华寺的渊源来看，他应该知道鲇川的秘密，只是他本人坚称不知。他最后也在审案期间死于狱中，于是一切又是稀里糊涂……这种事件实在稀奇。"

说完，老人似乎想起了什么事，叹息一声。

"说到稀奇，还有一件稀奇事。庆应三年（1867）十二月十三日，步兵队在吉原闹事，遭游郭里的人和看热闹的人包围，十几个人被打得半死不活，也有人重伤身亡。听说死的都是往昔被剪了发髻的……我听闻此事，更是觉得此事深不可测。"

04

川越次郎兵卫

一

四月，我利用两日的假期，与一位朋友去了川越[1] 的喜多院[2] 赏樱。大约一周后，我去拜访半七老人时，老人有些怀旧地说：

"哎呀，你去川越了？我在江户时代也曾去过两次，也不知那里现下变成了什么样。你也知道，川越是石高十七万石松平大和守的城下町[3]。它虽同在武州[4] 境内，但离江户也有相当距离。我

---

[1] 川越：今埼玉县川越市。

[2] 喜多院：位于埼玉县川越市的天台宗寺院，又称川越大师。

[3] 城下町：日本封建时期以各地领主所居城堡为核心建立的城镇。

[4] 武州：武藏国的别称，属东海道，领域大致包含现东京都、埼玉县的大部分地区，以及神奈川县的川崎市、横滨市的大部分区域。

记得有十三里[1]吧。那里不仅有萨摩芋[2]，与江户的往来也十分频繁，故而连妇孺之辈也知道武州川越。你是怎么去的……啊，从四谷坐甲武铁道[3]列车，在国分寺换乘，经过所泽和入间川……懂了，你们走的是陆路。江户时代去川越大抵是走水路。在浅草的花川户乘船，自墨田川上溯至荒川，再往上游去，到达川越新河岸。走水路要不了一天一夜就能到，比陆路方便多了，连脚力不佳的女人与孩子也能边睡边搭船过去。许是因为这样，许多江户人都有亲戚在川越。黑船来航之后，江户人心惶惶，仿佛随时会爆发战争，故而江户人都将老人妇孺送去川越避难。其中有一家人与我有过一段缘分，他们也要把家中老幼送去

---

[1] 日本尺贯法下，13里为如今的50多千米。

[2] 萨摩芋：甘薯。由于400多年前甘薯自琉球（今冲绳）经萨摩（今鹿儿岛）传播至九州地方，并在江户时代作为救荒作物在日本境内广泛栽种，故得"萨摩芋"之名。

[3] 甲武铁道：明治时代日本铁道企业。公元1906年被收归国有。

川越，我便也跟在领队人后面一起去过一次。当时虽不是赏花季节，但还是去喜多院和三芳野神社拜了拜。虽然不知如今怎样了，但那时有个叫石原町的地方开着客栈，和江户的马喰町差不多。"

老人不断说起以前的事。如我们这般只在车上匆匆路过的人，从老人嘴里听到的趣闻反倒比自己亲身体验到的更多。接着老人又说：

"哎呀，关于川越，过去还发生过一桩事呢。你们翻过往昔的旧资料，一定知道这事。就是江户城大门前……川越次郎兵卫骚动。那事在当年闹得是轰轰烈烈。"

"川越次郎兵卫……是谁？"

"你不知道？民间一般传他叫次郎兵卫，但他真名叫斋次郎……"

这两个名字我都不曾听过，也没看过相关记录。

"看来你确实不知道。"老人笑道，"毕竟幕府奉行保密主义，即便是民众已然心知肚明的事，他们也惯于尽量隐瞒，故而那事或许并未被记载在公开文书中。我以前讲过《金蜡烛的证言》的事吧？当时应该说过，江户城御金库失窃……此事发生在安政二年（1855）三月初六。藤冈藤十郎和野州流浪汉富藏密谋，潜入江户城中，擅闯金库盗走四千两小判。城中大乱，专门召人秘密搜捕罪犯。第二天，亦即三月初七八刻（下午二时）许，一个来历不明的男子突然出现在江户城本丸的正大门前，一本正经地对着值勤的公差大喊：'昨夜东照宫 [1] 莅临在下梦中，言及汝等须于今日之内将天下交予在下，否则大乱将起，特来相告。'公差们闻言顿时大惊。

"那男子身穿手织条纹棉衣，腿扎绑带、脚穿草鞋，手执蓑笠，年龄三十前后，一眼就能看出不是江户人士。这么一个家伙来到江户城大门前要幕府交出天下，任谁都只会觉得他疯了。即

---

[1] 东照宫：江户幕府开府将军德川家康。德川家康去世之后，朝廷依其遗言赠予其"东照大权现"神号，并在下野国日光山（今栃木县日光市日光山）上修建东照宫加以供奉。

便在这个时代，若对方是个失心疯，公差们也是会区别对待的。他要是个正常人，这么胡搞肯定会被公差拿下。可他既然是个疯子，又声称自己是东照宫的使者，公差们也不可粗暴对待。故而他们决定姑且先稳住他，将他带至别处审问，可那男子却不肯移动半步。他借着东照宫的名号，坚持要求幕府交出天下，公差们也不知该如何是好。

"然而正门重地，不能容他久留。既然哄骗不成，那不管他是疯子还是东照宫使者，他们断不能一再姑息下去。于是两位公差一左一右架着他，准备将他拖走。岂料他力大无比，公差们竟拖不动他，这人铁石般立在城门前，好一番大吵大闹。最后还是公差配合着随后而来的援兵，大伙齐心协力拿绳子绑了他——着实没有其他办法。这人被抓后反倒紧闭着嘴巴一声不吭，但他的蓑笠内侧写着'武州川越次郎兵卫'。

"如此看来，他应当就是川越藩的农民了。公差们立刻通知川越藩主的宅邸，让他们派人来领走次郎兵卫。虽然不知往昔如何，但在幕末，一旦知道对方是疯子，公差们就不会多加审问。川越宅邸大约也不想接手这个烫手山芋，可既然有蓑笠上的'武州川越'四字为证，他们也不得不跑来将自己领地的人带回去。尤其这人还在将军的御城中闹事，宅邸也只能诚惶诚恐地将人领回去。

　　"接着又有了第二个问题：那次郎兵卫如何能够一路畅通无阻地来到江户城正门前？沿途的守卫自然难辞其咎。如果仔细查下去，势必能查出大量失职者。众人觉得牵连太广不好，便称那次郎兵卫是从天上掉下来的。你还别笑，往昔的人还真有不少妙招。众人就这么传：那次郎兵卫是被天狗掳走，从川越飞到了江户，掉到城里来了。这下就好了，众人全都没了罪责。而犯人既然是天狗，自然无法审问，事情就会不了了之。

　　"结果那川越宅邸竟又说要将人送回来。仔细一问，原来那人的蓑笠上虽写了'武州川越次郎兵卫'，可宅邸的人将他带回宅邸一查，发现他身上的脐绪书[1]上写着'野州宇都宫，斋藏长子斋次郎'字样。宅邸引以为真，认为此人不归宅邸处置。这说法也有道理。若问该以那人所持蓑笠为准，还是以贴身脐绪书为准，那自然只能认为脐绪书更为可信。毕竟蓑笠可能是从别处借来的，也可能是不慎拿错，但一般人不太可能将别人的脐绪书戴在身上。川越宅邸的说法也有道理，公差这头无法推诿。况且若论掳人天狗的来历，日光[2]的天狗掳了宇都宫的人的说法似乎更为可信[3]。不论如何，江户城这边决定暂时看管此人，直至查明他的身份。

"当天傍晚六刻（晚上六时），八丁堀同心坂

[1] 脐绪书：相当于当时的出生证明。脐绪即为脐带。婴儿出世时，家人会保存婴儿脐带，并在纸上写明孩子的出生年月、出生地、父母姓名等信息，与脐带一同封存，让孩子作为护身符戴在身上。

[2] 日光：今栃木县日光市。

[3] 次郎兵卫自称东照宫的使者，东照宫位于野州日光，而宇都宫恰好处于东京前往野州日光的日光街道途中，逻辑更为自洽，故有此说。

部治助奉町奉行所之命前去接手次郎兵卫。这人曾在《大森鸡》里出现过。当时，住吉町龙藏的两个小卒正好来拜访坂部，后者便带着二人一同去了川越藩别宅领人。岂料次郎兵卫在归途中大闹。据说三人正想上前镇压时，突然不知从哪儿刮来一阵旋风，周围顿时一片黑暗，次郎兵卫便趁机逃走了。这也是从先前的'天狗掳人'说辞中想到的主意，事实大约是次郎兵卫趁他们疏忽挣脱了绳索。犯人挣脱捕绳是押送人的过失，所以他们才如此诡辩，把罪责推给了旋风。前有天狗，后有旋风，众人终归是勉强把事情兜住了，现在一想真是大千世界无奇不有。

"若事情就此了结，便完全没头没尾。然而，自德川家康公以来，从未发生过有人拦在江户城大门前大喊让幕府即刻交出天下的奇事。故而，此事自然不胫而走，不消多时便传遍了大街小巷。还有人添油加醋地到处宣扬，说次郎兵卫是金库盗贼的同伙，此人简直胆大包天，竟打算在光天化日之下自大门潜入城中。但坂部治助既已从川越宅邸接手了次郎兵卫，让他逃了就是自己这边的责任。虽然对外用旋风搪塞了过去，但坂部老爷心里着实不舒坦。故而他悄悄唤我前去，要我查出次郎兵卫的下落，否则自己脸面上挂不住。

"可坂部老爷依旧不肯坦言次郎兵卫如何挣脱了捕绳，一口咬定是旋风卷走了他。我也心里有数，识趣地没有多问。可这么一来，我便不知该从何处下手。蓑笠上写的川越次郎兵卫，脐绪书上写的斋次郎，打探这两人的身份是最快的。可当时与现在不同，没有汽车，要去十里以外的地方查案非常不便。

"因而，我也一拖再拖，此后又有各种各样的差事涌来，我也没有时间出远门。再者，那个次郎兵卫好像是个疯子。若我千辛万苦找到了他，却发现他果然是疯子，那多没劲。虽然对不住坂部老爷，但我依然提不起劲头去找人，故而拖了一天又一天。然而……这世间着实奇妙。那次郎兵卫终究与我有缘。"

二

等到"金蜡烛"一案告破，其他差事也都处理完毕时，一晃已过四月二十日。如今有了些许空闲，半七便想着，不如去宇都宫或川越看看。

外神田有家蜡烛铺，名为万屋，自半七岳父一代两家就有交情，如今仍有来往。半七路经铺子，久违地进去露了个脸。掌柜正兵卫正坐在账房里。半七在店头坐下，两人闲聊了几句之后，正兵卫压低声音说道：

"头儿，听说这阵子城中出了不少事？"

金库失窃一案自不必说，就连东照宫使者一事也已传到了这里。半七搪塞几句后，正兵卫又说：

"听说挡在御城大门前的那人是川越的次郎兵卫？"

约莫是城内僧之流半开玩笑地到处吹嘘才把事情走漏了出去，可没想到外面的人已然连次郎兵卫这名字都知道了，半七也有些吃惊。此时，正兵卫又说：

"您应该知道，我们町中的看守叫要作。他家那口子叫阿霜，夫妻俩都是武州川越人。要作大约八年前开始担任这里的看守，夫妻俩都很老实，在町中名声也很好。而这个要作有个弟弟就叫次郎兵卫……"

川越的次郎兵卫！半七一听这名字，登时双眼发亮。

"你是说，町中看守是川越人士，他弟弟还叫次郎兵卫？"

"其实那个次郎兵卫说来江户做工，听说三月初三上巳节从川越来到了江户……然后在五日时失了行踪。"

"他之前住在当看守的兄长家里？"

"正是。他来投奔兄长，要作便找我商量，想让弟弟来我们铺上干活。我回答说此事要先和东家商议。结果弟弟本人忽然不见了踪影，惹得哥哥要作非常担心。"

"你可曾见过那个叫次郎兵卫的人？"半七问。

"没有正式见过面，但在要作的铺子上匆匆瞥过一眼。年龄大约十九，皮肤浅黑，五官周正，不像个乡下人。我当时看他面相，私下觉得也算一表人才，怎知……"

"也没人来报说他回老家了？"

"听说没有。况且要作夫妇太忙，故而只能心里担忧，似乎也没想托人回老家问问……"

看来掌柜知道的也就这些了，不过能偶然打听到这些事也算意外收获。潜入江户城中的似乎并非川越的次郎兵卫，而是宇都宫的斋次郎。但无论如何，只要找出了蓑笠的主人，便能顺藤摸瓜抓到当事人。半七高兴地离开了万屋。

时值四月，看守的铺上也不卖烤甘薯了，只摆着些粗点心和杂货。要作似乎出门办差去了，只有媳妇阿霜在看店。半七偷眼觑着她，进了旁边的警备所。当值的五平慌忙过来招呼。

"我也不绕弯子，这里的看守夫妇是什么样的人？听说他们出身川越……"

"对。"五平立刻沉下了脸，"您来查案？"

"办差。你老实说。"

"要作三十一岁，媳妇阿霜应该是二十八岁。他们确实是川越人。"

"听说要作有个叫次郎兵卫的弟弟？"

"不是要作的弟弟，我听说是他媳妇的弟弟……"五平的表情愈发显得为难。

警备所的人也知道城中发生的那件事，似乎也知晓川越次郎兵卫的事。半七猜测，敢在御城门前不要命地大呼小叫，这样的人如果被查出来是町中看守的亲人，照当时的风气，全町恐怕会因此惹上种种麻烦，故而众人都竭力隐瞒。

"不必担心。"半七笑道，"城中那事想必不是次郎兵卫做的。"

"可听说那蓑笠上写了他的名字……"五平果然上钩，说漏了嘴。

"蓑笠应该是次郎兵卫的，但人约莫不是他。

首先年龄就对不上。大约是有人拿了次郎兵卫的蓑笠。既然如此，你也没什么可担心的，最多也就挨顿骂。"

"也是。"五平也略微安心地点了点头，"可是头儿，那次郎兵卫眼下不知所终，叫人担心哪。"

"的确。"半七也颔首道，"若是次郎兵卫能站出来，说清楚他的蓑笠借给了谁，在何处被拿走之类的信息，那就简单了。可他如今不知去向，确实头疼。你们一点线索都没有？"

"看守夫妇也说毫无头绪。毕竟八年没见的人突然赶来相见，又突然消失，真就跟被天狗掳走了似的，让人一头雾水。或许真是那样也未可知。"

"他十九了，已然是个青年。就算不熟悉江户，但总也不可能迷路。即便真迷了路，也不可能至今未归。许是跟阿姊夫妇吵了架，离家出走了？"

"您猜着了。虽然要作瞒着，但据他媳妇透露，次郎兵卫失踪前曾和姐夫有过争执。他本人想进江户武家干活，可要作不答应，说他们这种人进了武家只能当仆从，能有什么出息？既然要找活计，那就得找个正派商家踏踏实实地干。这话不合次郎兵卫的心意，两人似是起了什么争执。许是因为如此，年轻人才脑子一热冲出了家门。可他初来江户，在这儿又没什么熟人，大概没有别的地方可去。这时候传出了城中那事，要作夫妇吓得面色煞白，连忙去求神拜佛，祈祷灾祸不要降临在自己身上，忧心忡忡的，旁人看着都觉得可怜。夫妻俩在町中干了八年看守，没出过任何差错，结果弟弟突然蹦出来，还捅了天大的娄子，一个不小心就可能把他们也拉下水，我们也担心得不得了……"

五平有些同情地说。

"确实可怜。"半七也皱起眉头，"不过，如我方才所说，次郎兵卫似乎只与蓑笠有关，你去和看守夫妇说，让他们不必过于忧心。"

"您是说，此事和次郎兵卫无关，只不过他的蓑笠被人拿去了而已？这若是真的，要作和他媳妇怕是要高兴坏了。头儿，其实还有这么件事……"五平偷偷看了眼外面，悄声说道，"具体是哪一日我忘了，大概是上月末，我走出门口，一个三十四五岁打扮俊俏的中年女人过来，指着隔壁的铺子问那是不是看守要作大哥家。我说是。那女人就在外头打量了一阵子，最后走进铺子。这样一个女人来找看守，我觉得稀奇，就偷瞧了一眼。只见看守他媳妇答了几句话，紧接着两人就吵起来了，而且越吵越凶。我也没听清她当时说了什么，不过他媳妇作势要把那女人打出去，这么的把她赶走了。后来我问了他媳妇，她回说那女人是走错了门，自己说清事由后就让那女人回去了。可事实似乎并非如此……我至今从未见过那女人，想着她或许和次郎兵卫有瓜葛……虽然没听清，但那女人和看守他媳妇好像都提到了次郎兵卫的名字。"

"那女人是江户人还是外乡人？"半七问。

"江户人。哦，关于这点，还有一件事。那晚天黑之后，又有个十七八岁的小姑娘来隔壁铺上。我当时在里面吃晚饭，听助手三吉说，那姑娘也被看守媳妇骂了一顿赶出来了。姑娘长得不差，但看着是个彻彻底底的乡下人，露出一副欲哭无泪的表情走了……这事看守他媳妇也瞒着我们，故而我也不知详情。"

如此一来，自然少不了要将看守他媳妇叫过来询问一番。

"你去把看守他媳妇叫过来吧。"半七说。

三

五平将看守的妻子带了过来。阿霜五官不丑，面相看着就机敏勤快。她知晓半七是捕吏，恭恭敬敬地坐在门口。

"不必如此拘谨。"半七扬扬下巴招呼她道，"过来，咱们好好聊聊。"

"头儿问你什么，你就老老实实回答。"五平在一旁叮嘱道。

"次郎兵卫是你弟弟，从川越来江户找活计，对吧？"半七问，"听说他三月三日到了这里，五日便不知所终，可有此事？"

"有。他在五日那天傍晚突然出门，之后便没了音讯。"阿霜回答。

五平先前所说不假，阿霜说次郎兵卫想去武家宅邸干活，要作则想让他去商家做事，两人因此不合，次郎兵卫便冲出了家门。她颇为担忧地说，弟弟年轻，又是初来江户，照理来说就算离家出走也该是别无所依。可他又不可能回老家，故而很担心他现下过得如何。

至于来访家中的那两个女人，阿霜是这样说明的：

"三月二十八日午后，有位自称浅草人士，打扮俏丽的中年女子来到家中，说是想见次郎兵卫。我也不能说他已离家，便找了个理由拒绝了她。可对方似乎怀疑我将次郎兵卫藏了起来，说什么也不肯离开。僵持半晌，我也渐渐上火，忍不住与她大声吵了起来。"

"那女子最终老老实实地走了？"半七问。

"是的。走是走了，但在临走之际说了几句狠话。"

"她说什么了？"

"她说让我转告次郎兵卫，说她绝对不会轻易放过他，若他害怕惹祸上身，就去浅草找她……"

"那女子是江户人？"

"从她的衣着和口音来看，确实是下町[1]人，我猜应当是风尘女子。我弟弟初来乍到，怎么认识这样的女人，我也觉得奇怪。"

"我听说你弟弟在乡下人中也算长得英俊的，许是一下就迷了江户女人的眼。"半七笑道，"那女子只说自己来自浅草，没说具体住处？"

"没有。次郎兵卫大概知道吧。"

"听说还有一个年轻姑娘来了？那人是谁？"

"这……"阿霜迟疑地垂下眼帘。

"看来那人你也认识。莫非是同村的姑娘？"

阿霜依旧低着头。

"为何不说话？难道那姑娘是追着你弟弟来的？"半七追问道。

"不，不是……"阿霜慌忙否认。

"可你认识她，对吧？她叫什么名字？"

"她叫阿矶，虽是同村人，但两家住得远，加

---

[1] 下町：对应"山手"，指江户市中地势较低的区域，代表地域为日本桥、京桥、神田、下谷、浅草、本所、深川。

之我们很早就出了村，故而不太熟悉。她报上了家中父母的名字，我们才知道是谁。她也来江户找活计。我只知她在浅草，其他就不知道了。"

"她也在浅草。"

"阿矶也来找我弟弟，不肯老实离开。我责骂了她一顿，将她赶回去了。"

"看来你这弟弟着实生得俊俏，"半七又笑道，"迷倒了中年女人，还让小姑娘追着他跑，艳福不浅哪。正因如此才遭天狗掳走吧。然后呢？那两个女子之后再没来过？"

"没有。"阿霜干脆地回答，"之后再没出现过。"

"阿矶父母叫什么？"

"父亲叫驹八。"

阿霜补充道，据说驹八本是富农，只是连遭厄运，如今家势衰微了。

"好，今天就先问到这里。"半七说，"你和丈夫是否因为此事吵架了？"

阿霜沉默不语。

"你帮着你弟弟，跟丈夫吵架了吧？夫妻吵架本就不好，在这种时候更是大忌。夫妻之间还是要好好相处。"

"是。"阿霜含糊应道。

半七嘱咐阿霜，若次郎兵卫回来了，自然要如实上报，若有其他女子找上门来，也须得立刻通知警备所。嘱咐完毕后，半七离开了这里。走了大约半町路后，半七遇见了八丁堀的坂部治助。他正在江户市中巡视。

"半七，你打算如何对付天狗？可别太不近人情哦。"坂部笑着走开了。

此话听着像玩笑，可实际上，坂部是在责备半七怠慢职责。被顶头上司这么敲打，半七也无法再睁一只眼闭一只眼，故而当晚就将小卒龟吉叫来了自己家中。

"喂，辛苦你外出两三日。搭船去。"

"搭船去哪儿？"

"从花川户搭船。"

"原来是去川越。"龟吉点头道，"您找到线索了？"

听半七说完今日之事后，龟吉又颔首道：

"明白了。既然如此，我也不能推辞。我一个人去？"

"这事不需要两人结伴。交给你了。"

龟吉拿着大量路资走了。翌日午后，半七再次来到外神田的警备所。五平似是早盼着他来，迫不及待地说道：

"事情麻烦了。枉费头儿昨日千叮万嘱，看守家的媳妇昨儿又和他吵架了，他媳妇还跑了出去……"

"到今天还没回来？"

"没有。要作也担心得要死，就怕她投河自尽，于是抛下町中的差事，一大早就出去找人了。"

"真没办法。"半七咂嘴道。

据五平说，阿霜非常疼爱暌违八年的弟弟，经常帮着弟弟与丈夫争吵。她指责丈夫说，此番次郎兵卫之所以会离家出走，便是因为要作固执己见，苛责年轻人，执意要他照自己的话去做，把她弟弟逼得离家出走，这才惹出了种种祸事。要作听罢自然不服。他认为，对次郎兵卫没好处的事，他自然要训斥到底，这是身为兄长的责任，而次郎兵卫为此离家出走是他自己不对。要作觉得，次郎兵卫的这番作为保不准会连累夫妻二人，有这样一个弟弟实在遭殃。两口子因为这事吵了多次，昨晚吵得最凶，阿霜甚至也一气之下离家出走了。

"我们也隐约听见隔壁在吵架，本以为这次也和平时一样，就没怎么在意，谁知竟变成这样，真是对不住头儿。"五平惭愧地说。

虽然觉得这点小事不至于寻死，可女人气量小，指不定会做出什么事来。半七皱起眉头，感到十分头疼。

四

到了第四日傍晚，龟吉回来了。

"头儿，大致查清了。"

"辛苦了。来，先喘口气再说吧。"半七说。

"先从当事人次郎兵卫说起吧。"龟吉很快说道，"他家就是普通农户，他在家中有阿母和哥哥。他本人想来江户找家武士宅邸干活，故而在二月晦日离家，好像搭了午后八刻半（下午三时）的船。他哥哥说自己把他送到了河岸码头，应该不会有错。"

"若他坐的是二月晦日的船，应当在第二天午时左右抵达江户。然而，次郎兵卫却是初三才去的他阿姊家。中间隔了两日。不知他在这两日里做了什么。阿矶那边如何？"

"听闻阿矶家祖上本是殷实的农家，可到了她父亲驹八那一代，家境逐渐衰落。后来长女阿熊招赘，结果那赘婿不久便死了，留下一个还在吃奶的孩子。之后家中接二连三遭难，驹八最终把幺女阿矶卖到了吉原。"

"阿矶是被卖过来的？"半七有些意外，"难道阿矶和次郎兵卫之间有了首尾？"

"有人说不是，也有人说是，这事暂时未能查清，但这两人关系确实很好。次郎兵卫来江户时，阿矶还在家中，也去河岸相送。听说她当时哭哭啼啼的，我猜她和次郎兵卫大抵是有首尾。"

"川越那边的人知道城中那件事了吗？"

"城下町里有人知道了，乡下还无人知晓。不过也只是有传言说江户城中出了那样的事，似乎还没人知晓此事和川越次郎兵卫有牵扯。当事人的阿母和哥哥貌似也还不知情，两人都很平静。那里虽离江户近，但终归是乡下。"

"阿矶在吉原的哪家店干活？"

"不清楚……"龟吉歪头思索道，"听说江户的人牙子曾去相看，二月晦日先回去了，到了三月二十七日又过去付钱把人领走。然而驹八家把阿矶所在的妓院捂得很实，实在查不出来，我亮出捕吏身份也没能撬开他们的嘴。想着不能误事，我只能假装作罢，先回来了。没什么大不了的，反正两地离得很近，也不麻烦，有事再过去一趟就是了。"

"那人牙子是谁？"

"听说是户泽长屋的阿叶。"

"女的？"

"她丈夫是化地藏[1]的松五郎，在人牙子中颇为吃得开，然而两三年前中风了，如今动弹不得。他媳妇阿叶本是品川的妓女，十分能干。她对外借着丈夫的名号做买卖，生意上的事大大小小全是自己一手操办。听说她是女人反而好谈生意，常常能挖到好苗子。阿叶今年三十五，长得颇为俏丽。"

---

[1] 化地藏：可能指浅草桥场町附近的化地藏像，今在东京都台东区桥场的松吟寺内。

"看来去看守家中找次郎兵卫的就是这个阿叶了吧？"

"肯定是。咱们明日便去找她？"

"嗯。这次我也一块去。"

翌日上午四刻（上午十时）左右，半七和龟吉冒着小雨去了浅草。户泽长屋是花川户町与马道之间的一条巷道。此处本是户泽家的别宅，享保年间开拓成町人的住所。两人在前往户泽长屋途中，遇见了住在马道的庄太。

"来得正好。你可是本地人，来搭把手吧。"半七道。

"什么事？"庄太挨近问道。

听完事情的梗概后，庄太笑道：

"户泽长屋的阿叶……这个人，我熟得很。这下雨天的，哪用得着您俩大张旗鼓地出门？我帮你们过去查就是。"

"来都来了，就过去看一眼她的老巢吧。"

三人撑着伞并排前行，来到阿叶家门前。这是一套整洁清爽的民居，有个十五六岁的小丫头正努力地擦着格子门。这种天气让下人擦门，看来阿叶是个爱干净的挑剔女人。半七和龟吉站在两三家铺子外等待，庄太正想过去与小丫头搭话，只见一个四十五六岁、商铺掌柜模样的男人过来了。他好像认识庄太，打了声招呼便靠过去与庄太嘀咕起来。

"这也说得太久了，要把我们晾在雨里等多久？头儿，现在怎么办？"

"算了，再等等吧，约莫是有什么重要的事。"

最终，庄太折回来对半七说，那男子是附近大糕点铺增村的掌柜宗助，想见见头儿，请头儿借一步说话。他好像有什么苦衷，故而想请头儿移步。

虽然觉得会耽搁时辰，但没办法，半七还是跟了过去。宗助引着三人上了附近一家小饭馆的二楼。在庄太的介绍之下，宗助客气地寒暄一番，同时不忘连连向他们致歉。

"是这样的，头儿，"庄太出面代为请求道，"方才掌柜托我一件事，您可否听听？"

宗助随即说道：

"知道会麻烦您，但还请您听一听。鄙人东家之子民次郎今年二十二岁，由于年轻，有些爱玩。自上月起，有个户泽长屋的阿叶经常来铺上，总是唤出少爷说上几句话又离开，似乎是来索要钱两的。鄙人正觉得奇怪，结果她昨日又带了个陌生男子过来，如往常一样唤出少爷，她神情强硬，大概是恫吓了少爷一番。两人离开之后，少爷吓得面色苍白。鄙人心下实在不安，便悄悄将少爷带到无人之处，问他究竟发生了何事。可少爷不愿挑明内情，只一个劲叹气。您也知道，阿叶是人牙子松五郎的媳妇，理应与我们这样的正经商人毫无瓜葛。可她每次过来，似乎都是讨要钱两，着实令我等纳罕。阿叶年纪虽大，却也有几分姿色。鄙人就想，莫非她与少爷有首尾？可鄙人左问右问，少东家一口咬定没有那回事。如此一来便更闹不清缘由了。老实说，少爷最近在与京桥那边的同行议亲，已然快要议成。在这节骨眼儿上，人牙子阿叶频繁来铺上纠缠定会影响这门亲事，着实令人头疼。东家和夫人也问了少爷，但他仍旧不肯说出内情。鄙人实在忧心，便与东家商量，不如干脆来阿叶家问个明白，再根据情况给些钱两，把此事处理干净为好。鄙人今日便是为了此事来的，谁知正好遇上庄太小哥。庄太小哥与我说，阿叶是个狡猾的女人，我等贸然前去谈判，恐怕会被抓着把柄漫天要价，故而建议我们先来找头儿您商量，借您的聪明才智妥善安置此事。在您百忙之际前来叨扰，着实麻烦您了。"

"头儿，您怎么说？"庄太接过话头问道，"我觉得，与其让不善此道的掌柜前去，不如让我代他去与阿叶正面交锋更为妥当……"

"虽然觉得不大可能，但你家少爷确然与阿叶没有任何私情？毕竟对方已是人妇，此事若不弄清，想必会很麻烦。"半七问宗助。

"这我确实不太清楚……"宗助若有所思地回答道，"不过方才也说了，少爷本人坚称没有牵扯。"

此时侍女过来上酒菜，谈话暂时中断。几人客气地对饮几杯。雨越下越大。

"你家少爷平素与哪些人来往？"半七搁下酒杯问道。

"这……米铺少爷、绸缎庄少爷、梳妆铺少爷还有其他三四人，都是这一带老商铺的儿子，人品也都不坏。"宗助扳着手指回答。

"阿叶只去你家铺子，不去那些人家？"

"这我就不清楚了。"

"少爷平素都爱玩些什么？"

"这也不清楚。听说是与一些帮闲和落语家之类的艺人去吉原那些地方游荡……"

"大商铺的少爷们大抵都是如此吧。"半七若有所思地说，不一会儿，又说，"掌柜的，此事就先交给我吧。庄太说得有理，若你出面，恐怕会被抓着小辫漫天要价，那事情就麻烦了。还是让我来设法摆平吧。不过掌柜的，此事恐怕无法善了，您也得做好拿出五十一百两的准备。"

"是，是，这我明白。"

宗助说，他们早已做好这种打算，唯愿半七将此事解决得利落些，免得日后拖泥带水。

五

半七等人告别增村的掌柜走出饭馆。外头细雨斜织，门口被打湿的垂柳正随风飘摇。

"这雨怎么还在下。头儿，接下来怎么办？"庄太问。

"阿叶家以后再去，我忽然想起件事。"半七边走边小声说，"增村家的儿子约莫不肯说实话，你去向他那些友人打听打听。掌柜说附近绸缎庄和梳妆铺里有他的玩伴，去问问他们大概就能知晓。你去查查，与那群少爷厮混的帮闲和落语家里有没有来历可疑的。查清楚之后，我们再去找阿叶谈。"

"好，遵命。"

庄太辞别二人走了。

"我们这次就这么回去了？"龟吉似有些无趣

地说，"简直像来浅草喝酒的。"

"便是酒也没喝够啊。哎，先忍忍。这次应该能解决城里那桩事了……"

"是吗？"

"你想不明白？"

"想不明白。"

"那边走边说吧。"

两人从吾妻桥畔走到行人稀少的大川旁，撑着伞并肩走着。

"其实方才听掌柜说话时，我忽然想起一件事。你们听了之后，或许觉得这推测像在做梦。可有趣的是，有时候这些犹如做梦的猜测恰恰与真相严丝合缝。"

"那您这次的推测是……？"

"是这样，"半七回过头来说，"城中一事，大概是那些少爷搞的把戏。"

"那可真是坏把戏。难以置信。怎么也不能……"龟吉有些不以为然地笑道。

"所以我才说像在做梦。我的推测是这样的。

你也知道，最近这世道变得很快，愈来愈多的人开始觉得以前的玩法不够有趣。三十年前的'田舍源氏'[1]一案就是个好例子。众人都吃了不小的教训，看来还是有人不长记性。以增村少爷为首的那一帮玩伴都是手头阔绰的公子哥，寻常玩乐已然腻了，都想找点新乐子。也不知道是谁起的头，大抵就是增村少爷吧，半开玩笑地说什么谁若敢在御城大门前跳舞就给他五十两，唱曲儿则给一百两云云，于是就有吊儿郎当的家伙自告奋勇说要去。"

"您说得对！"龟吉不禁大喊道，"我都忘了那事。没错，没错。这一定是在效仿石匠铺的阿安！头儿，您可记得真清楚！"

七八年前，神田川河岸有家石匠铺，石匠儿

---

[1] 田舍源氏：柳亭种彦的长篇合卷《偐紫田舍源氏》，以紫式部的《源氏物语》为底稿，将故事背景从平安时代转移到室町时代，讲述将军足利义政之庶子光氏为了压制企图夺位的山名宗全，表面上假装如光源氏那般遍历女色，暗中逐步夺回被宗全盗走的足利氏重宝，流寓西国牵制山名势力，覆灭宗全一族后回归京都辅佐将军，享尽荣光的故事。

子安太郎和五六个友人聚在唱清元小调的师傅家中时，其中一人打赌说，谁能坐在樱田门[1] 岗哨枡形虎口[2] 正中央吃三个饭团，喝一合[3] 酒，就给赏金五两。安太郎接下赌约，答应去做，并暗中做起了准备。结果事情很快传入双亲耳中，安太郎被狠狠斥责一顿，计划自然受阻。不仅如此，父母认为安太郎这荒唐儿子以后不知会干出什么混账事，竟与他断绝关系了。

江户末期世风败坏，有许多爱玩这种荒唐把戏的家伙。故而半七猜测，这次的事是否也是有人效仿玩闹？龟吉听罢，当下赞同道：

"头儿，这不是做梦，而是真的。这回那些人不是阿安那样的工匠，而是大商铺的少爷们，决计不会自己去做。定是他们身边的帮闲或落语家

---

[1] 樱田门：江户城内护城河上的一处城门，位于樱田堀与凯旋堀之间。

[2] 枡形虎口：日本城防工事的一种，用以在入城路径上设置障碍，类似中国的瓮城。

[3] 合：日本容积单位，一合为一升的十分之一。

当中有人被赏金迷了眼，应下了。逗风头也好，恶作剧也罢，这伙人还真能给我们找麻烦。"

"不过那些帮闲或落语家也得胆子够大才敢去做。那人许是觉得用寻常法子定然没命，这才扮作疯子，并在从川越宅邸去町奉行所途中挣脱捕绳逃了。这身本事也不是任谁都能有的，故而那人定有来头。让庄太去查，应该能查得出来。"

"阿叶与此事可有牵扯？"

"既然出现了川越次郎兵卫的蓑笠，阿叶约莫与此事有些牵扯，大抵是知晓此事内情，拿去要挟增村少爷了吧。此事若摆到明面上，定然不能善了。少爷本人自不必说，甚至还会连累双亲。那位少爷如今定是万般后悔，吓得面色苍白了吧。阿叶便是利用这点，向他勒索封口费。她定是看对方是富家大少，狮子大开口了。真是一肚子坏水。"

"不知那个与阿叶一起去增村铺上的人是谁？"龟吉问。

"不知道。不是附近的混混就是同行里缺德的人牙子吧。丈夫中风卧床，阿叶找了个相好也未可知。"

正当这时，有个女人突然从路边小巷中窜出来。女人没有打伞，正赤脚冒雨横穿大道过去。半七眼尖地看到了她。

"啊，糟了！"

半七立刻弃伞，同样甩开鞋履，赤足在雨中跑了起来。女人正要跳入大川时，半七从后方抓住了她的腰带。龟吉随后跑了过来，紧接着又有一男一女自巷道中跑出。

"你是看守的媳妇吧？冷静一下，看着我。"半七问。

看守家媳妇披头散发，状若疯癫，认出半七后，立刻安分了下来。追着阿霜过来的两人是她的丈夫要作和巷子中一个叫阿高的女人。

雨中也不好说话，众人便围着阿霜进了巷子深处。这里的宅子多是用来藏娇的。阿高亦是其中之一。她以前住在要作家附近，曾雇阿霜帮忙洗衣。阿霜冲出家门后没有去处，游荡到柳原一带，恰好遇见了老熟人阿高。

阿高本就不知内情，阿霜也不肯开诚布公，表现得就如一般的夫妻口角。按理来说，阿高此时应当劝阿霜回家，但她站在阿霜一边，便让阿霜先在自己家中待一阵子。

要作找遍了能找的地方，抱着试一试的心态寻过来一看，果然见到了自己媳妇，当下朝她怒吼。阿霜也不甘示弱地还嘴。阿高则帮着阿霜说话。要作被两个女人驳得还不了口，怒气上头，扯过媳妇的头发抬手就打。阿霜也气得发疯，想着不如一死了之，当即冲到了河边。当时的大川可谓投河自尽的胜地。

得知拦下阿霜的男人就是半七后，要作和阿高大为惊恐，又是帮他擦干衣服，又是伺候他洗脚，不停跟半七赔罪。

"不必赔罪。我说，看守他媳妇，有些事我想再问问你。"

半七带着阿霜来到二楼，只见有三叠和横向六叠的两间房，客室的凹间中还插着燕子花。东面外廊的栏杆之外还能望见烟雨蒙蒙的大川。半七与阿霜在六叠房中面对面坐下。

"再晚一步你可真就扑通一声跳进大川了。我半七也算是你的救命恩人喽。"半七笑着说，"蒙骗救命恩人可不好，所以接下来你一定要老实作答。"

"是。"发髻散乱的阿霜垂头应道。

"那好，那我们约好不准撒谎喽？"半七嘱咐道，"前些日子你对我撒谎了吧？"

"我怎敢呢。"

"实话告诉你，楼下那家伙是我的手下，叫龟吉。他昨日才从川越回来。事情原委我姑且也查了一遍。你虽瞒着我，但其实你知晓弟弟的行踪吧？今日他绕去了花川户的阿叶那里，回来路上正好遇上你。你老实招了吧。当然，我说给你听也无妨，但这对你可没好处。不若你老实说明一切，赎了前阵子诓骗我的罪过。还是说你要嘴硬欺瞒到底？"

阿霜虽然性子好强，骨子里还是个老实人。

经半七如此一试探，她立刻惶恐地伏在地上。

"民妇定如实相告。"

"次郎兵卫后来回过家吧？"

"是。二十七日晚上偷偷回来了。"

"接着又去哪儿了？"

"他说无法再在江户待下去，但也不能回村。他说自己在相州大矶[1] 有熟人，打算过去暂避一阵，故而我瞒着丈夫给了他一些路资。"

阿霜坦言，正是因为要作发现了此事，夫妻俩才大吵起来，自己才会离家出走。

"次郎兵卫为何会与阿叶相熟？"半七又问。

"在船上……"阿霜回答，"您也知道，从川越来江户要去新河岸川坐一夜的船。据说他俩就是在那船上认识的。"

正如前文所述，阿矶当初被父亲卖到吉原之时，阿叶曾来川越查验过她的姿色。归途中，阿

---

[1] 相州大矶：今神奈川县中郡大矶町，江户时代是东海道的宿场之一。相州，即相模国，日本古代令制国之一，属东海道，领域大约为今神奈川县除东北部外的区域。

叶正好与次郎兵卫搭同一条船，两人便熟悉了。同船的都是乡下旅人和行商人，而次郎兵卫人又年轻，又长着一张不似乡下人的周正面孔，入了阿叶的眼。阿叶将在码头买的寿司和馒头分给次郎兵卫，屡次亲昵地跟次郎兵卫搭话。往昔的夜船最容易横生枝节。

阿霜不清楚那夜他们是如何过的，第二天也即三月初一，两人抵达花川户，不过阿叶似乎不想立刻与次郎兵卫分开。她说自家就在附近，先将次郎兵卫带到了家中，不知是怎么跟中风卧床的丈夫说的，总之留次郎兵卫在自家二楼住了两日，到了午后才肯放他走。临走之时，次郎兵卫却忘了带走写有他籍贯与名字的那顶篾笠。

次郎兵卫与姐夫对于生计去处问题意见相左，两人起了冲突，加之阿叶一再叮嘱次郎兵卫两三日后定要再去寻她，故而次郎兵卫愤而离家之后便去了户泽林屋。阿叶高兴地将他迎进了家。不过自家到底个有丈夫，次郎兵卫不便久留，于是阿叶便将他安顿在了附近一个叫阿吉的女梳发师家二楼。阿叶告诉次郎兵卫，自己会为他寻一份好差事，让他放弃去武家干活。

如此浑浑噩噩地过了几日之后，阿吉不知从哪儿听到了江户城天狗一事，便与次郎兵卫说了。后者一听证物蓑笠上写有"川越次郎兵卫"字样，当即变了脸色。次郎兵卫立刻与阿叶说了此事，问她是谁拿走了自己的蓑笠，而阿叶却装傻充愣硬说不知道，并且若无其事地说此事丝毫不必担心。

可次郎兵卫怎么也无法安心。不管是谁拿走的，只要那蓑笠上写着自己的名字，自己就脱不了干系。兹事体大，不知自己会受什么样的重罚，年轻的次郎兵卫吓得一个劲哆嗦。每每在附近澡堂或剃头匠处听到旁人议论此事时，他便吓得缩成一团。

在此期间，阿矶的卖身价谈妥，阿叶再次前往川越接人，次郎兵卫便趁阿叶不在时逃了。惊恐不堪的他无法安心待在江户，也不能回到故乡，故而问阿霜要了些盘缠后便逃去了大矶。

这些事，阿霜知道得一清二楚，却又因怜惜弟弟而至今严守秘密。

"前阵子您来查问时，我骗了您，实在抱歉。"阿霜再次赔罪道。

"那个叫阿矶的姑娘与次郎兵卫有私情？"半七问。

"这一点我弟弟也没有明说……"阿霜回答，"阿矶被那个叫阿叶的女人带来江户时，次郎已经逃走，不在女梳发师家二楼了。阿叶大惊，立刻来我家询问。但正如前阵子与您说的，我当时一口咬定不知次郎兵卫去向，将她赶回去了。当晚阿矶又逃出阿叶家来访，说自己将要去吉原做事，此事次郎也知晓。她又说自己若进了吉原便无法再与他相见，求我让他们见上一面。这么看来，虽然没有明说，但她大概与我弟弟有私情。我虽觉得她可怜，但也不可能告诉她次郎的去向。我若一说，她或许会跑去大矶找他。因而我只能硬下心肠坚称自己不知次郎的去向，狠心将她赶了回去。阿矶哭着走了。"

似是回想起了那夜悲哀的情景，阿霜也抽抽搭搭地哭了起来。

六

"故事说得太长了。"半七老人说,"你差不多弄明白了吧?"

"照您这么说,江户城一事是那个糕点铺少爷的恶作剧?"我笑着问。

"对。与其说是恶作剧,不如说是不知轻重的玩笑。前头说过的'田舍源氏'一事是这样的,堀田原池田屋的老板带着友人、伶人和帮闲们打扮成柳亭种彦《田舍源氏》里主角们的模样前往向岛。可《田舍源氏》描写的是江户城大奥 [1] 的故事,导致事情变得非常麻烦,传闻作者种彦还因此切腹谢罪了。然而这些人却不当回事,还是乔装打扮成主角模样。此事自然无法善了,涉事者

———————————

[1] 大奥:将军女眷所居之处。

二十六人全都遭到了惩罚。然而即便如此依旧有人不长记性，总爱做出些奇行怪事来逞风头。江户风气变成这样，或许也是大厦将倾的先兆。增村少爷那群人也是有点不着边。他们在向岛一家叫大七的饭馆喝酒时，增村少爷半开玩笑地说，谁能站在江户城大门前大喊让幕府交出天下，他就赏谁五十两，结果就有人应下了。"

"是谁？是个帮闲或者落语家吗？"

"是堀……也就是山谷堀那边的帮闲，叫三八。那人既然能挣脱捕绳，便决计不是一般的艺人。我让庄太一路查下去，发现这个叫三八的家伙以前是上州的带刀赌徒国定忠治[1]的手下。首领忠治在嘉永三年（1850）遭处刑后，他便来到江户成了帮闲。之后查出此人也是当时聚集在向岛大七饭馆的人之一，我便认为此事大概是他做的，把他抓起来一审，果真如此。此人平素便经

---

[1] 国定忠治：江户时代后期侠客，出身上野国。之后成为赌徒，在上州、信州一带活动，非法统领"盗区"一带。

常出入阿叶家。他见了次郎兵卫的蓑笠，觉得正好可以用来掩人耳目，便悄悄带走了蓑笠。次郎兵卫真可谓是飞来横祸。"

"那三八就是野州的斋次郎？"

"三八是艺名。他出身野州宇都宫，是斋藏的儿子，名为斋次郎。这家伙也是旧时人，随身带着脐绪书。当然，若以帮闲的行头进入城中，身份马上就会暴露。故而他乔装打扮成庄稼汉，打算到时装疯卖傻糊弄过去。这出戏唱得顺当无比，众人都说他做得好。三八拿到约好的五十两赏钱，开开心心地退下，怎料此时又生出了一桩麻烦事。问题出在阿叶这边。这家伙可不是个好对付的，她知道这件事后自然不会闷声不响。对方是大商铺的公子哥，她认为只要稍加恐吓便能拿到钱两，故而盯上了他们。"

"三八是共犯？"

"三八拿了五十两，乖乖闭了嘴，但阿叶的丈夫松五郎有个手下叫银六，阿叶便是带着这个银六去增村铺上恐吓威胁的。若她只要二三十两，想必增村家的儿子也出得起，谁知阿叶张口就要三百两。那个时代的三百两对于大商铺来说也是笔巨款，根本不是还未继业的嗣子说拿就能拿出来的。可城中之事又不能与父母、掌柜坦白，增村少爷虽然说是自作自受，但也已进退两难。可当初玩乐的少爷公子不止一人，为何阿叶只盯着增村家？因为增村家业最大，又是增村少爷最先提议城中一事，故而阿叶专门针对增村，恐吓说若不给封口费，她就要告发秘密。这些都是敲诈勒索的老一套，可对于被敲诈的人来说，事情一旦败露就不得了了，不仅自己惹祸上身，还要连累整个商铺，但事到如今已然追悔莫及。此事未能私下了结就被我撞破，最终也算是大事化小吧。"

"三八就坐山观虎斗？"

"不，所以才说是大事化小……"老人皱着眉头说，"三八认为自己也牵扯其中，于是竭力从中斡旋，想用三五十两摆平此事，但阿叶不肯。三八本也是混道的，脾气暴躁。再者，万一阿叶泄露了秘密，三八自己的脑袋也就保不住了，故而不能大意。听说当时若纠缠得再久一些，三八就要壮着胆子准备除掉阿叶和银六了。天下也有这等可怕的帮闲……万一真变成那样，事情乱作一团，一定会败露个干净，所幸及时稳住了场面。

"然而令人纠结的是，此时若将三八推出去，便会给增村的铺子惹麻烦。可若放他一马，我又不好向八丁堀的老爷交代。左右为难了一阵后，我与增村的掌柜商量好，给了阿叶三十两了结恩怨，再和掌柜带着贵重礼品一起去见八丁堀的坂部老爷，总算让他揭过此事。也就是说，这次没人被害就了结了案件。

"不，说到被害，那个被害得最惨的次郎兵卫大约是得了阿姊的知会，知晓此事已然平安解决，便匆匆回了江户。他说江户实在可怕，想要立刻回归故乡，但最终被阿姊夫妇挽留，去了那家名为万屋的蜡烛铺里做事。然而当年十二月二日发生安政大地震，铺里的库房倒塌，次郎兵卫就被压死了。看来他与江户着实八字不合。

"花川户的阿叶也死在这地震里。阿矶去了吉原后以花名逢染示人，听说也葬身于地震。"

"看来大家运气都不好。"我叹息道。

"听说增村家倒是没有地震伤亡，但铺子被烧了个一干二净，之后生意也萧条了。如今回头一想，江户时代三百年，不管如何恶作剧，如何逗风头，从未有人敢跑去江户城大门前大喊要幕府交出天下。此事或许就是幕府失天下的先兆也未可知啊。"

老人也叹了口气。

05

走马灯

一

"我常常说，干我们这一行的很少遇见开心或有趣的事件。"半七老人笑道，"若要我说个有元旦气氛的故事，我可就要犯难了。但我们时不时还是会遇见滑稽的案子。当然也不像听落语那般从头笑到尾，顶多是事件中有滑稽可笑的情节而已。可即便如此，要说滑稽，那可真是滑稽。"

许是想起了当时的情境，老人还未开始讲故事，便兀自咻咻地窃笑了起来。我虽然不明所以，但受老人感染，也跟着笑了起来。那时是正月初的寒夜，外头稀奇地传来了寒诘[1]的摇铃声。寒诘

---

[1] 寒诘：指为表虔诚或衷心祈愿，在小寒至大寒的30天内每晚去神社或寺庙拜谒的行为。拜谒者一般赤裸或着白衣，头上缠着头巾，一边摇铃一边拜谒，以此苦行来感动神明。

现在基本已经绝迹，但在明治时代相当盛行，时常能在夜间町镇中遇见拜谒者，他们一边摇铃一边奔跑，活像卖报的小贩。

半七老人听着那铃声，又笑了起来。我等得有些着急，便催促道：

"您说的滑稽案子，究竟是什么样的？"

"简单来说，就是身份易位，主客颠倒……"老人又笑了，"有如流水被石子冲走，溪床沉落叶片上，抓偷儿的捕吏反被偷儿追着跑，自然是滑稽得紧。偷儿在后头追，捕吏在前面逃窜，这场景怎么想都颠三倒四吧？不仅如此，其他许多事也被搅弄得乱了套。

"安政元年（1854）四月二十三日临近夜里五刻（晚上八时）时分，日本桥传马町狱中的犯人忽然吵嚷起来，又是高声谩骂又是拳打脚踢，乱作一团。两位狱卒赶到现场，在牢房外大喊：'安静！安静！'可牢中无人理会，眼看着这场闹剧愈演愈烈，甚至有人怒吼什么'我非要弄死这畜生'。狱卒无法再置之不理，便打开牢门入内镇压，结果立刻有五六人哗啦一下冲出牢房，撞倒狱卒逃了出去。

"原来这一切都有预谋，是犯人们为了越狱而假意吵架。待狱卒们反应过来拔腿去追时，为时已晚。这些犯人个个身手矫健，翻过监牢围墙，逃之夭夭。他们刻意选在旧历二十三日[1]的暗夜行事，正适合越狱。

"逃跑的都是居无定所的流浪汉：京都的藤吉、二本松的惣吉、丹后村的兼吉、川下村的松之助、本石町的金藏以及矢场村的胜五郎，共计六人。其中藤吉、兼吉和松之助受过墨刑。除了京都和二本松的两个外地犯人，其余越狱犯都来自江户近郊。不过他们中只有一个地道的江户仔，那就是本石町的流浪汉金藏。他原籍日本桥本石町，就出生在监狱边上。越狱毕竟是重罪，故而上头立刻派发了画像进行追捕。这便是前述所谓

---

[1] 旧历二十三日月相正好亏至下弦月，自二十四日起便逐渐亏至残月。

210

'流水被石子冲走，溪床沉落叶片上'案件的开始。

"当时芝口有个叫三河屋甚五郎的捕吏，通称三甚。甚五郎是个和颜悦色的男人，我也曾受他照顾。但他在事发三年前去世，眼下由他的儿子继任第二代甚五郎。这甚五郎二世当年才二十一岁，年纪尚轻，本事也不到家。换句话说，他只是凭父亲的威望继承了三甚的名头，实际并不受八丁堀老爷们的信任。虽然父亲给他留下了许多小卒，但也没几个能干的。况且，小卒能不能干大抵还要看头儿的本事，若头儿本身不可靠，小卒也难办事。

"正因如此，捕吏之间都传三甚的招牌怕是败落了，怎料当年正月，三甚二世竟将那本石町的流浪汉金藏抓捕归案，令众人备感意外。金藏本住在本石町钟楼附近陋巷的租屋里，是个给人修屋顶的工匠，平素喜爱喝酒玩女人，最终家财散尽成了流浪汉，混迹江户各地。他虽不杀人放火，却也称得上坏事做尽。此次如若被捕，他的案底大抵够他判流放远岛了。要说这金藏如何栽在了三甚手上，这里头倒有些男女艳闻。

　　"方才说过，甚五郎年纪尚轻，本事也不到家，然而打扮俊俏，长得也不错。一般而言，捕吏大多眼神凶狠，成天板着面孔。可甚五郎不同，他性情可谓温和老实，一点不像个捕吏。上头有父亲的名声罩着，因而也不缺钱。他不知何时与饭仓神明宫前一家小饭馆"皋月"的女儿阿滨有了首尾，常常出入饭馆。阿滨的母亲自然也知晓两人之事。

　　"有一天，在神明町一带游手好闲的地痞千次来到皋月的账房，想勒索点钱财。这是常有的事了，老板娘阿力自然一口回绝。不料千次却说，自己此次不是白要钱，而是带来了一条大鱼，希望老板娘去和三甚大哥说说，让他出个好价钱买了。老板娘仔细一打听，原来是本石町的金藏正混迹在这一带。想让女儿的情人立功也算人之常情，阿力便叫来甚五郎，再拉上千次一合计，决定让千次将金藏引来皋月。可若直接在铺里抓捕，难免给铺子带来麻烦，于是便等金藏喝醉出了店

212

门，走过大约半町路后，甚五郎再带着两个小卒将其捉拿归案，如此一来便可推说是半路偶遇才实施抓捕，不会给任何人添麻烦，告密者千次也好佯装不知。

"金藏虽不好对付，可毕竟喝醉了酒，又是被偷袭，自然施展不开，只能乖乖束手就擒。如此，三甚便立下了意想不到的大功劳。在被带去警备所的途中，金藏异常恼恨，说自己半只脚已踏上了流放远岛的船，明白自己迟早会被捕，可无论如何也得栽在江户数一数二的厉害捕吏手中，此番却被一个初出茅庐的愣头青逮住，简直死不瞑目。听说他黑着脸一路高声怒骂：'王八羔子，你给我记着！老子只要剩一口气，总有一天要找你报仇！我就是死了也要化作鬼缠着你！这事情没完，你给我等着！'

"说起来他这是恶人反咬，再者也是因奈何不得三甚而恼羞成怒，过过嘴瘾罢了。此类人经常这样大放厥词，老练的捕吏会嗤之以鼻，可甚五郎毕竟年轻，加上性子老实温和，听了这些话难免心里介怀，但也不可能放过这厮，便照例调查一番后，将他送到了大警备所。

"如此，三甚成功抓捕本石町的金藏，在众人面前长了脸，心里却仍放心不下，心里暗暗祈祷金藏能被早日处决或流放远岛。皋月的老板娘和女儿则极为忧心，心想万一金藏回来报仇可不得了。不久，传马町越狱案便发生了。甚五郎听说那越狱的六人中就有本石町的流浪汉金藏，心下一凉。虽不知他越狱后去了哪里，终归随时有可能回来复仇。如此一想，甚五郎愈发坐立不安。

"我们捕吏干的就是抓捕犯人的活计，过手的犯人要是挨个都记恨上我们，那可吃不消。罪犯也知道这一点，因而只要我们别做得太过分，任哪个恶徒也不会怨恨捕吏，因而报复捕吏之事也不多见。三甚应该也知道这一点，可他生性软弱，总觉得寝食难安。然而只要自己担着三甚二世的名号，就不能在小卒面前露怯，故而他只能私底下担惊受怕。这下事情就难办了。当然，若甚五郎很靠得住，他只要再度将金藏捉拿归案便好。可问题就在于他办不到，这才有了此次的故事。你且听听看。"

二

　　坚持看这捕物帐的各位看官必定记得，这年四月，半七正着手调查《正雪绘马》一案。如此关头发生越狱事件，上头甚至下发了犯人画像，半七也无法置之不理。

　　"头儿，怎么办？"小卒龟吉问。

　　"要说孰轻孰重，越狱是重罪，不是绘马一案能比的。"半七说，"可传马町的案子并非全权委托给我一个人，而是整个江户的捕吏都要参与。相对地，绘马一案则是我个人接手的案子，我认为还是得先解决这头。这样，你和幸次郎继续调查绘马一案，传马町的案子就交给松吉和善八去做。"

　　同时发生两个事件并不稀奇，半七分别定好人选，打算分头行动。虽然半七是双线并行，但

"正雪绘马"一案已给各位介绍过，为避免叙事混乱，此番一概省略，只说逃狱一案。

五月初的一个早晨，半七在町中澡堂洗完澡后冒着小雨回到家，发现格子门内有一把女用雨伞及一双高齿木屐。由于家中经常来客，半七不甚在意地进了屋，只见一个四十岁上下的陌生女人正在和妻子阿仙谈话。

"哎，这位夫人一直等着你呢。"阿仙将女人介绍给半七，接着又将女人带来做伴手礼的食盒给半七看。

"初次见面，"女人礼貌客套道，"我是神明宫前的皋月。"

听到这名字，半七立刻就明白了她是谁。她就是皋月的老板娘阿力。半七料想她此番来找自己必定与三甚有关，与她寒暄几句后便问道：

"老板娘素来繁忙，这次却一大早赶来我这儿，想必是有什么急事？"

"清早前来叨扰其实不为别的，头儿您一定知道，上月二十三日传马町有犯人越狱……此事想劳烦头儿参谋一二……"

"越狱一事我确实知道，这事怎么了？"

"其实……"阿力有些沉郁地说，"听说逃犯中有本石町的金藏……"

阿力母女害怕金藏报复。当初从中牵线的千次也在听闻金藏逃狱后躲了起来。由于金藏当初说过若自己活着，总有一天要来寻仇，故而他们每日战战兢兢，认为金藏一定会盯上三甚。半七听罢笑着说：

"我虽不知金藏是个怎样的人，但既然越了狱，总还是自保要紧，不可能优哉游哉地待在江户。我想他怕是早就穿上草鞋逃了，总之眼下是不可能来报复的，你们且放宽心。"

"可是……"阿力皱着眉头悄声说，"听说千次的友人先前经过西久保的山道时瞥到了酷似金藏的人影……千次说若他就在附近出没可就糟了，因而也早早躲了起来。"

"就算如此，他也不可能报复到你家中去。金藏是在路上被捕吏偶遇才遭抓捕的，和你家无关吧？"

"他或许不会来我家，可小女哭闹不止，说若是金藏摸去了三甚哥儿那里就麻烦了……"

因女儿哭闹不止，阿力才来恳求半七保护三甚。半七虽然明白母亲对儿女的爱护之心，但仍旧拒绝了：

"若对方是个本分的外行人，我也就应了你了。可三藏虽然年轻，好歹也是个独当一面的捕吏。若让外人知晓他因惧怕罪犯报复而求助于同行，他的脸面可就保不住了。此番虽是你个人的想法，可若真做了此事，怕是会毁了三甚这个男人。你总不能让女儿心爱的男人蒙羞吧？再者说，三甚手下有众多小卒，让那些小卒当挡箭牌护他无虞不就好了？断没有必要倚仗他人。"

"您说得对……"阿力似有些难以启齿地说，"可他手下的小卒最近多数不堪大用……"

前代甚五郎去世后的三年里，有两个老练小卒跟着去世，还有两三个有本事的小卒则抛下年轻的头儿，转投他处去了，剩下的小卒少有靠得住的。阿力说，先前三甚能抓住金藏靠的也是他烂醉如泥，若他是清醒的，恐怕当时就让他成功逃脱了。关于此事，半七也隐隐有所察觉。也难怪金藏会在警备所里大声嚷嚷说不甘心自己落在了三甚手里。

可即便如此，若甚五郎本人来求半七则另当别论，可由明面上并无关联的皋月老板娘来委托，半七就不能轻易答应，故而他还是拒绝了。他一再强调自己若答应了老板娘便会让三甚难堪，阿力似也无法再反驳，便说自己下次再来拜访，暂且打道回府了。

目送老板娘出门后，阿仙有些同情地说：

"三甚小哥也真不让人省心。"

"世人都说小白脸注定无财亦无才，可捕吏若是个小白脸可谓无药可救。看来干得了我们这行的只有凶神恶煞之徒喽。"半七笑道。

"可我们毕竟受过三甚父亲的恩惠。"

"嗯，我们受过老爷子的恩惠，自然不能作壁上观，可也不能贸然出手，真伤脑筋。"

不管如何，只要有人将金藏等逃犯抓捕归案，此事也就结了。半七心忖，既然上头已下发画像，逃犯迟早会落网，只希望在此之前不要发生事端。可方才也说了，少有犯人报复捕吏的例子，因而半七心里也没怎么将它当回事，认为此次多半也能顺利了结。

雨连下了两三天，正雪绘马一案错综复杂，始终没什么进展，半七也有些心焦。这天日暮，松吉来了。

"这雨真是没完没了。"

"就算是公务，一旦下雨还是出入不便。"半七有些沉郁地说。

"大木门那边怎么样了？"

"毫无头绪，正头疼呢。你那边的案子……"

"传马町的越狱犯已经抓到了两人。"

"谁和谁？"

"二本松的惣吉和川下村的松之助。"

没有金藏的名字，半七感到失望。

"这两人本打算沿中山道外逃，结果逃到板桥宿驿没了盘缠，在那儿徘徊了四五日后潜进宗庆寺，打伤那里的住持和勤杂僧之后抢走十五余两，暴露了行踪，于是昨晚在板桥的妓院里被捕了。本来拿到盘缠立刻远走高飞就好，人啊，一旦重获自由就想寻欢作乐，这不就栽了。"松吉笑道。

"其他逃犯依旧下落不明？"

"据落网的两人称，六人逃出大牢后立刻分头逃窜，故而不知谁逃去了哪里。貌似只有惣吉和松之助二人结伴自本乡逃往板桥方向……上头的老爷们也严厉审讯过了，但这两人好像确实不知情。"

"那岂不是什么线索都没有？"半七叹息道。

"是啊。"松吉点头道，"剩下的四人里，兼吉和胜五郎不知如何，但听说藤吉和金藏在牢里很有交情，众人猜测这两人可能混在一处。据松之助供述，金藏似乎说过他在江户有仇人，自己非要报了仇才能远走高飞……"

"报仇。"

"关于此事，头儿……"松吉悄声说，"他盯上的似乎是三甚。金藏在莫名其妙的地方很讲脸面，一直心有不甘地说什么栽在三甚这样的小毛头手上让他折了脸面坏了威风……我想他大抵是想，既然已经越狱，迟早会没命，不如先杀了仇人三甚再远走高飞……如此一来，三甚也会丢人。"

"拖泥带水的，真没个恶徒的样子。"半七咂嘴道，"看来皋月老板所言非虚。她说曾有人见过酷似金藏的人在西久保的山道那边徘徊。"

"藤吉也与他一起？"

"这倒不知。或许他盘算着让藤吉帮忙做些什么也未可知。三甚应该也小心提防着，但终究是被一个棘手的家伙盯上了。"

事到如今，半七也不敢大意了。虽然他认为世上少有记恨捕吏的恶徒，但既然对方已经记恨上，那也无可奈何。只是或许可以反过来利用这点引出金藏，趁机将他与藤吉一网打尽。

"我虽不爱管闲事，但三甚到底年轻，此事只靠他一人总叫人不放心。我明日去芝口瞧瞧，给他出出主意。此番若能再次捉拿金藏，三甚也好立下第二次功劳。"

三

翌日清晨，雨虽已停歇，天色却依旧晦暗不明，半七只好拿上把累赘的雨伞，往芝口走去。

三甚家位于话本铺江户屋侧巷内左手边，屋前有口水井。半七拉开格子门喊人引见，屋内便走出来一个年轻小卒。半七不认识他，他却认得半七，于是恭敬地招呼道：

"原来是三河町的头儿，您快请进。"

"你家头儿可在里面？"

"是……"男人有些支吾。

另一个小卒听见他们的说话声，也走了出来。他叫石松，曾去过两三趟半七家。

"我想见你家头儿……"半七再次说。

"是……"石松也含糊其词，与另一个年轻小卒对望了一眼。

"他不在？"

"是……"

"去哪儿了？莫非出公差了？"

"不。"

不管问什么，对方都支支吾吾，半七便坐在了玄关口。

"你们也该知道，上月二十三日有犯人越狱潜逃。我来就是为了此事，可你们头儿不在就没办法了。知道他何时回来吗？"

"是……其实他受町人邀请……"石松忸忸怩怩地说，"随众人一起去身延 [1] 参拜了。"

"原来头儿家信奉《法华经》。此番前去身延参拜，想来很是虔诚。他几时出发的？"

"昨日早晨出发的。"

"那一时半会儿怕是回不来了。"

"头儿曾说，归途打算沿富士川那条路下来。"

---

[1] 身延：指今位于山梨县南巨摩郡身延町的日莲宗总本山久远寺，山号身延山，院号妙法华院。

"今年正月跟着去逮捕金藏的是谁？"半七问。

"那时与头儿一起去的是驹吉和我。"石松回答。

"金藏长什么样？"

"三十二三岁，皮肤浅黑，很瘦。不愧是在屋顶上干活的，身手非常敏捷。带他去警备所的时候，他也说过若不是自己醉了，决计不会让我们抓住。之后还放话说，若让他上了屋顶，他保管能顺着屋顶满江户跑。"

打听完上次抓捕的来龙去脉后，半七暂且离开了三甚家。天光微露，雨伞看来是用不上了。想着都到这儿了，不如顺便走一趟神明前，于是半七踏着雨后的泥泞来到皋月饭馆门口。店铺右侧的账房前挂着块小布帘，一个男人坐在布帘前。半七来到门前时，正好见他站起了身子。

"这么说，这事是怎么着都不成了？"

半七听不见里头人的回应，只听男人恐吓道：

"既然如此就没办法了。日后会发生何事，我可管不着喽。到时你可别怨我！"

说罢，男人便拨开布帘走了出来。半七挡在了他面前。

"小哥，你且慢。"

"谁啊，你……"男人怒视着半七。

"你可是千次小哥？"

"打听他人名姓之前，自个先报上名来才是礼仪！"

"既然被斥无礼了，我也不得不报上姓名。我是三河町的半七。"

一听半七的名号，男人立刻放软神色，整了整衣着老实客套道：

"哟，原来是三河町的头儿。我有眼无珠，失礼失礼。我就是神明的千次。"

"我就猜到是你。跟我来一下。"

半七将他拉到五六间外的当铺库房前。千次虽有些忐忑，但还是老老实实跟了过来。

"我方才可听到了，你在皋月的账房里大喊大叫，莫不是跟老板娘起了争执？"

"竟然被头儿您给听到了……"千次挠着头说，

"还请您莫放在心上。"

半七其实并未听见千次说了什么，此刻却顺着他的话说：

"哼，看来是你在为难人家。"

"小的知错，请您饶了我吧。"千次再次告罪。

照眼前光景来看，他倒也不算太坏，充其量是个游手好闲的地痞罢了。半七笑着说：

"也不能你一求饶我便饶你，毕竟你最近名声可不好哇。总之先跟我走一趟警备所吧。"

被半七一吓，千次愈加仓皇了：

"别呀，头儿，您带我去警备所做什么？"

"做什么？视情况吧，保不齐你今儿就回不了家喽。"

"可我没做坏事呀。我先前还曾为公家办过差……"

"你说的办差，指的是本石町的金藏一事吧？"半七又笑了，"此事我也知道，可你方才去皋月说了什么？我可都知道。"

"小的知错了。"

"既然知错，那就再老老实实给我说一遍。否则我就拉你去警备所！"

千次再大的胆子，也不过骚扰一下这一带的射箭场和小饭馆，死乞白赖地勒索些酒钱罢了，哪有什么胆量。被半七这么一吓唬，他自然什么都招了。原来他也受惊于金藏逃狱的消息，认为万一金藏得知当初是自己告的密，前来报复，自己恐怕吃不了兜着走，于是便暂时躲进了品川一带的友人家中，只是他这人花钱大手大脚，转瞬间连烟丝钱都没了，因而今日便悄悄回到神明找常去的铺子索钱。由于发生过金藏一事，他便首先冲着皋月而去，岂料却被账房里的老板娘断然拒绝。他异常恼怒，便恐吓道："既然如此，我就去金藏面前把事情全抖出来，你们就等着他报复吧！"

他料想皋月老板定会被吓坏，追出来喊他，怎料对方似乎不甚在意，自己却被半七抓住了。倒霉的千次只能哆哆嗦嗦地一再告罪。

"这么说，你知道金藏在哪儿？"半七狐疑

地问。

"其实，呃……"千次再次挠头。原来他说要让金藏报复皋月全是临时编出来唬人的，实际并不知晓金藏的去处。

"听说三甚去身延拜佛了，确有此事？"半七又问。

"不，应该是假的。"千次立刻回答，"我今早也一路打听过了，这一带没有人结伴去身延。三甚该是借口去身延拜佛，躲起来了。"

"他为何要躲？"

"恕我直言，三甚二世懦弱胆小，我猜他大概一听说金藏逃狱，立刻便躲了起来。皋月的老板娘也甚为惶恐，恐怕是她出主意让三甚躲藏起来的，证据就是她女儿现下也不在家中。"

"胡说八道。"半七故意呵斥道，"三甚虽然年轻，但也是为上头办差的捕吏，怎会因害怕越狱的逃犯而躲避？"

"是。"千次无奈闭了嘴。

"你若再跟旁人鼓吹这些胡言乱语，别怪我不客气，此事关系到我们捕吏的颜面。"

"是。"千次愈发惶恐。

"不过千次，"半七放软语气说道，"先不说三甚的事。这越狱的金藏，罪大恶极。上头可是派发了画像要我们缉拿此人，我也必须介入这个案子。你若有线索就来找我。本该请你去喝一杯，无奈我还有急事，这些就当给你赔罪了。只要你肯卖力，日后定不会让你白干。"

半七给了他二分金子。千次欣喜地接下，一个劲地说"冒犯了，冒犯了"，并且保证自己日后定当竭力效劳，然后才转身离去。他这么保证不单是为了那点辛苦费，还考虑到帮半七等人办差相当于和官家交好，总归多了条关系。因而千次又说了些什么此番结缘，往后还请多多提携之类圆滑的客套话。

与千次分开后，半七回到皋月门口，发现老板娘阿力正自布帘缝隙间不安地窥伺外面。

四

　　半七表面上虽呵斥了千次，但心里也对三甚去身延参拜一事有些怀疑。他去皋月找阿力盘问一番后，发现果然是她授意甚五郎隐匿行踪。甚五郎原本拒绝，说职责在身，自己不能这么做，可软弱的他没能经受住老板娘和情人的轮番规劝，终究还是决定在金藏一事解决之前藏匿身形。听闻此事，半七咂嘴道：

　　"你这不是害他吗？这等事若让八丁堀的老爷们知晓，三甚的招牌可就没了。他手下那么多小卒可用，做什么要干这事？所以呢？他究竟去了哪儿？"

　　"在高田马场附近……"阿力回答，"我妹妹嫁进了当地一家叫白井屋的小饭馆，我暂且把他安置在了那里。"

"你女儿也在那儿？"

"是。"

"堂堂捕吏竟带着女人逃匿，好一个小白脸。"半七咂嘴，"再这样下去对三甚没好处，得赶紧解决了案子。"

"万事仰仗您了。"

在这儿斥责老板娘也无济于事，半七匆匆离开，先绕去京桥办事，七刻（下午四时）左右回到神田家中。不久善八过来报告说又抓住了一名逃犯，是矢场村的胜五郎，原来他一直躲在小石川莲华坂后巷的长屋里。事到如今，惣吉、松之助、胜五郎等三人被捕，兼吉、藤吉、金藏等三人仍逍遥法外。先不提兼吉和藤吉，只要不知道金藏的下落，半七就无法放松警惕。正雪绘马一案还未告破，吉良的短刀一案亦悬而未决，眼下又摊上这么件事，饶是老手半七也备感烦闷。他倒不至于为了与他人抢功而追捕金藏，只是认为此事再拖下去恐怕会给三甚惹来麻烦，届时他未免太过可怜。因害怕罪犯报复而与女人一起逃匿，简直丢尽了全江户捕吏的脸。本来，半七大可以劈头盖脸训斥甚五郎一顿便置之不理，可一想到前代三甚曾对自己照顾有加，半七便不得不设法救下甚五郎。当务之急是帮助甚五郎理清当下处境，劝他重回芝口自宅。

打定主意后，半七第二天便去了高田马场。这日一早便是个大晴天，气温亦随之升高。不过这一带多是造园师的院子，望眼皆是郁郁葱葱的绿叶，半七瞧着也备感舒畅。马场周围开着许多小饭馆和茶摊。半七知道白井屋门前有一条湍急的小溪，入口处搭着一个小藤萝架，因而一找到地方便径直入内，由一个年轻女侍引着进了里头的小包房。

"你们老板娘可在？"

"老板娘去参拜鬼子母神了。"

半七让女侍叫老板来，不久便来了个三十七八岁的男人。

"客官惠顾。这天突然就热了。"他礼貌地寒暄道。

"我也不兜圈子，是神明前皋月的老板娘让我来这儿的……"

"嗯。"老板目不转睛地注视着半七的脸。

"皋月饭馆的女儿阿滨小姐可在这儿？"

"不在。"

"芝口的三甚头儿可在这儿？"

"不在。"

"不必隐瞒。是神明前的阿力婶让我来的，她说二人确实在这儿……别瞒了，痛快与我说吧。"

"您是……"

"我是神田三河町的半七。"

"劳您跑这一趟，可家中确实未曾收留任何人。"

"这里可是白井屋？"

"正是。"

"可是皋月的亲戚？"

"没错。"

"你说皋月的女儿和三甚都没来这儿？"

"是的。"

"莫要瞎扯。"半七开始不耐烦了,"我和三甚是同行,都是为上头办事的捕吏。我来是有事和三甚说,快让我见他。"

见老板还在犹疑,半七又接着说:

"我已亮明身份,你难道还要隐瞒到底?我既大老远跑来这儿,就不会受你们的蒙骗乖乖回去。就算把你们家翻个底朝天,我也要见到三甚,你好自为之!"

半七提高音量说道。此时恰逢一个女侍过来,将老板叫到了外廊。老板点头道歉后走了过去,不一会儿便和女侍一起走向账房。

另有女侍与他们擦肩而过,端了酒菜过来。

"老爷稍后就到。"

说完便逃也似的离开了。半七以为老板只是一时装蒜,最终还是会将三甚带过来,于是他漫不经心地自斟自饮,忽闻附近的森林里响起了早蝉的鸣叫声。

过了约莫一炷香的时辰,老板仍旧没有现身。女侍也不过来。酒壶已空,却无人来上新酒。半七忍不住拍掌唤人，却无人应答。半七只能干坐着等，束手束脚的，有点像被人拿住了一样。

半七暗忖，这家饭馆生意不错，饭堂里人来人往的，为防惹人注意，店家大约是把皋月的女儿与三甚藏到别家去了，将他们叫过来或许需要些时间。若是如此，自己不知好歹地横加催促未免失礼，故而半七只能耐心等候。等着等着，院里的水池中传来了鲤鱼跳跃的声音。这是此地的风俗，人们惯爱在宽阔的庭院里挖一方水池，在池边种上鸢尾等花草。青葱的芒草也长得老高。

为了排遣无聊，半七穿上院子里的木屐，来到水池边。正当半七倚着高大的柳树，随意望着池水时，他察觉有人正蹑手蹑脚地靠近。警觉的半七立刻回头，只见一个男人忽然从约一人高的杜鹃花后窜出，抓住了半七的手臂。

"公差办事！老实点！"

半七大骇。

"喂，不对，你弄错了。"

说话间又来一人，同样扭住了半七。

"不对，你们抓错人了！"半七再度大喊。

"胡扯。我们是奉命捉凶！"

两人不由分说想要将半七扭倒在地。半七来不及争辩，只好奋起反抗，其间依旧大喊：

"喂，你们真的抓错人了！我是半七，三河町的半七！"

"少胡说八道，我们都看过通缉画像。"两人完全不信。

半七被一人抓着发髻，被另一人扯着袖子，很是狼狈。虽然明白束手就擒就能平安无事，可半七一壶酒下肚，头脑微醺，眼下心中恼怒，抬手便挥向对方。既然动了手，对方便不再轻饶他，一人擒住半七胸口，狠狠将他按在身后柳树上；另一人则快速用捕绳捆住了半七的手腕。

"王八羔子睁眼瞎……不知道自己抓错人了吗？！"

可不管他怎么怒吼，对方都充耳不闻。店铺方面也出力帮忙，老板、厨师，还有五六个貌似是近邻的男人纷纷赶了过来。事已至此，半七已无可奈何，只能被众人按着绑上了捕绳。

"活该。"其中一个男人得意扬扬地说。

"惹得我们出了一身汗……混账东西，你且等着，看我不揍你！"另一个男人也骂道。

半七不想挨揍，便老实求饶道：

"差爷饶命，我束手就擒便是。"

"早知如此何必当初？横竖你都要掉脑袋，不如趁现在还活着，先尝尝疼痛是什么滋味。"男人又骂道。

"掉脑袋……你们到底把我当成谁了？"

"那还用说，自然是本石町的流浪汉金藏！"

半七一怔，随即哑然失笑。

五

绑了半七的是户塚的市藏手下的小卒，是掌控这一带的捕吏。虽然神田与户塚相距甚远，但老手小卒应当都认识半七。可不巧的是，老手们都不在，过来抓人的都是些初出茅庐的年轻人，这才造成了误会。

皋月老板娘所言不假，阿滨和甚五郎的确藏在白井屋。昨日傍晚，户塚市藏的小卒过来，说有传闻称逃犯金藏最近在附近徘徊。白井屋做的是开门迎客的生意，难保像金藏这样的家伙不混入。他们给白井屋看了金藏的画像，嘱咐他们若看见可疑人员务必即刻上报。听闻此事后，白井屋心下亦是担忧。

金藏为何在这一带徘徊？万一是冲着三甚来的，那必要小心提防。于是老板又让甚五郎两人藏到附近的造园师家中，恰巧第二天就碰上半七上门打听二人。与今日不同，那时高田一带还是江户的乡下地区，那里的人没听过半七的名号，也不知他的长相。由于半七再三打探三甚二人的下落，惹得白井屋的老板起了疑心。加之前脚才听说金藏在附近徘徊，他便怀疑是金藏随便捏造了个名字不请自来了。

此外还有一事引起了误会：半七与金藏无论是年龄还是相貌、穿着都十分相似。那个时代的画像极其简陋，只要带着怀疑的目光去看，就连白鹭都有可能被看成乌鸦。从杂司谷归来的白井屋老板娘在远处偷瞄了半七一眼，便坚信他就是金藏。老板也同样怀疑半七。夫妻俩一合计，便跑去户塚的市藏那里告密。

此时若是市藏出马，自然不会发生误会，岂料市藏不在，老手小卒也不在，只有在场的两个年轻小卒因急着立功立刻赶来。逃狱的罪犯可是条大鱼，经验不足的两个小子有些头脑发热，审都不审就要抓捕半七。犯人喊冤是家常便饭，故而不论半七怎么喊叫说他们抓错了人，他们也不予理会，强行制伏了半七。

捕吏在追捕犯人过程中，抓错人是常有的事。可抓了同行捕吏还喜不自禁就是户塚的小卒们的大过失了。之后赶来的市藏一看见半七的脸，顿时大惊失色。

"混账东西！"他呵斥手下的小卒，"看你们干的好事！赶紧把绳子解开！"

半七立刻被松绑。弄清事情真相后，小卒们都闭上了嘴，白井屋夫妇也吓得缩成了一团。

"半七头儿，真不知该怎么跟你赔罪。"市藏深感惭愧，"再怎么骂这些浑小子也来不及了，您就当他们被高田马场的狐精迷了眼。"

"他们也是忠于职守，不必苛责。"

半七虽觉得荒谬，但毕竟是同行，面子上只能这么说。市藏让小卒们再三赔罪，又叫来附近的梳头师重新为半七梳好发髻。白井屋也过意不去，毫不吝啬地摆出各色菜肴。几方人马就此冰释前嫌，一时间有说有笑。少顷，市藏微微正色

说道:

"这帮小子会这么亢奋并非全无道理……听说本石町的金藏就在附近徘徊。这一带有个游手好闲的家伙叫本助,他某天经过早稻田的下马地藏[1]前时,与一个男人擦肩而过。虽然对方背对着他,但本助说那人是金藏无疑。不论如何,此事不能放任不管,因而我自昨日起便在布置人手,怎料你恰好出现,这才闹出了这场笑话……不知金藏那厮为何要来此处游荡。据眼下查明的情报看,他在此处似乎没有亲戚。"

"原来如此,确实搞不懂。"

半七顺着市藏的话敷衍了几句,心想照此看来,金藏似乎正在执着地追踪三甚。市藏似乎不知这事。半七本想告诉他,好让他多条线索,只

---

[1] 下马地藏:应该是现在位于早稻田大道上的落马地藏尊,在东京地下铁线的早稻田站附近。传说幕府第三代将军德川家光远游途经此处时,所乘马匹忽然暴动,导致将军落马。备感怪异的将军下令搜查此地,竟在土桥下方发现地藏。心存敬畏的将军于是下令供奉此尊地藏。

是这样会让三甚难堪。这样的话，半七又觉得三甚太过可怜，故而没有说出口。

半七不胜酒力，找了个时机打算告辞，然而市藏热情地挽留他，半七无奈之下竟在这里待了小半日。市藏让小卒送他，半七推说天色尚早谢绝了好意，之后便离开了。

临走时，半七叫来白井屋老板，低声打听三甚的藏匿之处，这回老板安心地如实相告。原来阿滨和甚五郎躲在约一町（109米）外一个叫新兵卫的造园师家中。

虽然马场附近皆是町人住居，但除此之外便是广阔农田。田里传来此起彼伏的蛙声。火热的日头已然落山，然而天色还未黑下去，四下的景色还算轮廓清晰。半七方向感极好，没被交叉的小道绕晕，径直来到了造园师新兵卫家门口。

他家门前有一棵大柳树。半七正打算靠近，却立刻停下了脚步。有一个与半七年纪相仿的男人不知从哪里冒了出来，先于半七一步在门口站定。这一带的造园师家中一般不扎结实的篱笆，屋外大多堆着众多用以贩卖的盆栽和花木。半七躲在一株八角金盘的叶子后，窥伺着男人的举动。只见他往屋内张望了一阵，最终穿过柳树下，进了屋。半七也蹑手蹑脚地跟在后头。

造园师家与一般住家的不同之处在此种情境下倒是方便了半七。他借着杂乱栽种的树木尾随在后，只见那男人站在屋内泥地上喊道：

"打扰了。"

"来了，来了。"

屋里出来个看似老板娘的女人。

"芝口的三甚可在这里？"男人熟不拘礼地问。

"不在。"

"不必隐瞒。"男人笑道，"让我见见三甚。我是三河町的半七。"

半七吃了一惊，与此同时也大致猜到了这个冒充者的真实身份。半七屏息继续窥探，只见那假半七继续说：

"三甚是和神明前皋月饭馆的女儿一起来的吧？既然我连这都知晓，断不是什么可疑人物。

说到三河町的半七，三甚应该也很熟悉，劳烦你帮我把他叫来。"

见女人仍在迟疑，男人有些急躁地说：

"你还不明白？我是半七。三河町的半七！"

"少废话。半七在这儿！"半七跳到男人面前说。

男人骇然回头望向半七，但他眼疾手快，立刻转身逃入植物丛中，敏捷地躲开枝杈，拨开树叶，如飞鸟一般向外逃去。半七紧追其后，但此时的道路已然昏暗难辨。

此种关头，与其默然追赶，不如大声呼喝更能令对方胆怯。于是半七在后面大喊：

"本石町的金藏，站住！既已被我半七盯上，你就逃不掉了！"

这一带日暮之后便少有行人。逃跑者慌不择路，在水田旱地之间来回奔逃，直至穴八幡[1]附

---

[1] 穴八幡：现东京都新宿区早稻田二丁目的穴八幡宫。

246

近时，天色已然全黑。男人逃上神社前的慢坡道，半七坚持不懈地追赶，最终还是在坡上的洗手钵附近跟丢了对方。

　　早知如此，当初真该让市藏的小卒送自己过来，可事到如今，后悔也没用了。今日对半七来说可谓诸事不顺。附近大树上传来猫头鹰的叫声，似在嘲笑半七。

六

"这种丑事多说也无益。不如此事且说到这儿，放过老头子吧。"半七老人笑道。

"可只听这些，我还是一头雾水呀。"我说，"那金藏到底如何了？"

"我立刻从穴八幡赶到户塚的市藏那里，通知他现身造园师新兵卫家的人确是金藏。市藏一听，亲自带着手下所有小卒出去搜捕，但始终未能找到金藏行踪，最终无功而返。因我也参与搜捕，当晚便叨扰在市藏家中，翌日清早再度造访造园师新兵卫家时，三甚与阿滨已然不见了。"

"他们去哪儿了？"

"他们虽暂时住进了那造园师家，但因为金藏找上了门，造园师惊骇，白井屋担忧，阿滨则哭闹不止。于是他们又把三甚和阿滨送去了四家町的酒铺伊丹屋，据说他们也是白井屋的亲戚。我自身也很忙，无法一直跟在三甚后头跑，便干脆回了神田。之后听说……哎，听说很是折腾了一番……"

"如何折腾……"

"这个嘛……"老人笑了，"那伊丹屋也传出了有酷似金藏之人在附近徘徊的传言，三甚和阿滨又离开四家町，这回跑到板桥去了。到了板桥又听金藏也来了，于是又躲去了练马。结果又不行，于是又逃到三河岛。正如老话所说，疑心生暗鬼，因为心中胆怯，才会一听说有可疑人物在附近走动便将之认作金藏。总之约莫一个月间，他们从高田马场逃到四家町、板桥、练马、三河岛，等外逃到松户时终于传来金藏被捕的消息，这才暂时安下了心。哈哈哈。犯人四处逃窜并不新鲜，可捕吏如此奔逃的例子可谓前所未闻。如此一来，三甚二世便沦为了众人的笑柄。"

"想也是如此。"我也笑了，"那金藏是在何处落网的？"

"哎呀，至于这事，我倒也没资格笑三甚了，毕竟我自己也成了笑柄……方才说过，我一心以为造访造园师家的那人是金藏，拼命追捕，岂料后来发现认错了人。"

"那人不是金藏？"

"不是。"老人又笑了，"你且听我说。时至五月末，神明的千次来我家急报，称金藏躲在王子稻荷神社边一个叫门藏的旧铁器收购贩子家。谨慎起见，我叫善八先去查探了一番，发现这门藏做收购旧铁器的生意只是幌子，其实是个收赃的。但吊诡的是，听说金藏被锐器扎了右脚，伤口逐渐化脓，根本连一脚都没能踏出门藏家的大门。可那时金藏明明假冒我的名义去了造园师新兵卫家，逃窜的时候亦不曾跛脚。我虽然一头雾水，但想着总之先把人抓回来，于是便带着善八赶了过去，发现金藏果然躺在铺盖里无法动弹。原来这厮逃出传马町的牢房后，没跑一町距离便踩上了钩头钉，右脚底疼痛不已，无法远遁。其他狱友都已四散逃走，京都流浪汉藤吉扶着他暂且躲进了王子的门藏家。当晚，金藏伤口剧痛，可他们又不能公然找大夫医治，只能买了膏药回来涂抹。金藏的伤口逐渐化脓，最后人也动弹不得。故而金藏自逃狱以来，其实一次都未曾出去走动。"

"那去高田的是……藤吉？"

"正是，正是。藤吉在牢里便与金藏交好。一个是京都人，一个是江户仔，可两人却莫名投缘，约好一起去京都大阪干一票。正因如此，藤吉没有丢下金藏一走了之，而是留在他身边照顾。这期间，金藏又说起自己与三甚之间的那场恩怨，恼恨地说自己被一个愣头青抓着实不甘心，本想远走高飞之前先让那小子长眠，可看眼下自己这模样，怕是无法如愿了。藤吉听罢，便说看在两人的兄弟情分上，他愿意代劳。于是他便代替金藏，盯上了三甚。

"正因如此，三甚虽被盯上了，但盯上他的人却不是金藏。前面说过，以前的画像非常简陋，若人脸上有痣或伤疤等显著特征倒还好分辨，否则只要年龄大致相仿，绝大多数人的样貌都能与歹人的画像对上。尤其此次一下便有六人逃狱，监狱方面也无法一一详细画出犯人样貌。逃犯中丹后村的兼吉最年长，四十三岁；惣吉、松之助和胜五郎皆是二十四五岁；藤吉、金藏则是三十二岁。因此，藤吉和金藏年龄相仿，画像也差不多，这便认错了。

"还有一点，那就是大家都认为藤吉既然是京都人，必然会往京都大阪方向逃窜，于是便都往那边搜捕。金藏是江户人，众人自然而然地认为他大抵会潜藏在江户一带，因而眼睛都盯着金藏，反倒忘了藤吉。如此，画像也指望不上，该认错时谁都免不了会认错。于是藤吉被我认成了金藏，藤吉则大摇大摆地假扮成我半七，我又首当其冲被不熟的小卒套上了捕绳……简直一团乱麻，即便是以前也少见这种失误。不过话说回来，我当真长得那般凶狠吗？

"金藏坚称自己不知情，不肯招供藤吉的下落。门藏也不肯松口。藤吉最初与金藏躲在一处，但后来似乎挪了窝。在我们分头搜捕之时，藤吉闯进了千住的深光寺。寺里的勤杂僧敲响铜锣大喊大叫，附近民众连忙赶来。藤吉慌忙逃走，奈何四下太暗看不清路，一脚跌进了寺里的大水池，被众人抓住。惣吉和松之助在板桥劫掠寺庙后被捕，藤吉则在千住的寺里被抓，个中因缘倒是妙不可言哪。

"众囚犯越狱之后，身无分文，也就无法成天游手好闲度日。藤吉自四月末至五月，一共在附近的町村抢了六处屋舍。据藤吉供述，他在芝口一带跟踪过三甚好一阵子，但一直没找到机会。之后三甚假托去身延拜佛，就此隐匿行踪，藤吉便追着他去了高田。"

"藤吉怎么知道三甚去了高田？"

"他说是自己打听出来的，但我觉得可疑。终归不可能是三甚的小卒泄的密，我猜要么是皋月的伙计告密，要么是千次那厮松口，于是先把千次抓过来一盘问，发现果然是他。说白了，这人就是墙头草，风往哪儿吹往哪儿倒。人情道义分毫不认，钱财到手万事皆可。这种卑劣的家伙简直让人忍无可忍。千次收了藤吉几个钱，透露了三甚的藏身之处，接着又来我这儿揭发金藏的藏匿之所。我本想着，这种无药可救的浑蛋，不如将他与藤吉一起丢进暗无天日的牢狱中去，可他毕竟有揭发金藏行踪的功劳，只好先放他一马。

"藤吉追着三甚去了高田马场，怎料遇上了我。他立时觉得大事不妙，当即决定放弃。之后三甚怕是误会了什么，竟没命似的逃窜。藤吉找上造园师新兵卫家时，之所以冒用我的名号，据说是从千次那厮口中听来的。藤吉供认自己在怀中揣了把短刀，本打算一见到三甚就将他刺杀。照此来看，三甚或许真因逃跑躲过了一劫。"

"之后三甚怎么样了？"

"事到如今，三甚已全然失去了老爷们的信任，在同行之间也抬不起头来，最终还是舍弃了三甚二世的招牌，成了皋月的女婿。"

"这么一来，六个逃犯已逮回了五人，那还有一人呢？"

"最后一人是丹后村的兼吉。此人到底虚长几岁，竟让他成功逃脱。不过在某年秋天，他在上总被捕了。即便在以前，歹人也是很少能真正地逃出生天。

"这件事嘛……捕吏逃，犯人追，看似荒诞至极，可你且看那走马灯。众多人影兜兜转转，看似后头的人在追前头的人，可若一直这么兜转下去，看着也便像是前头的人在追后头的人了。所谓风水轮流转，世间万事皆如走马灯，或许正是这道理。"

06

夜叉神堂

一

　　这也是半七老人讲的故事，但他事先说过此事与他没有直接关系，算是转述别人的故事，因此多少会与事实有些出入。

　　"往昔祭典和开龛时都会展出工艺品——虽然现在也会——尤其是开龛时，一定会制作各种各样的工艺品。它们是最吸引观客的一环，故而都做得十分精巧。这些工艺品都是信徒供奉的，有的公开放在显眼位置上供人免费欣赏，有的则如同杂戏棚屋，要给门票才能入内观赏。总之，开龛盛典时一定会有工艺品，大众会因好奇这次会展出哪些新奇玩意儿而半礼佛半游玩地从四面八方蜂拥而至。若只靠一心礼拜的虔诚香客，任何寺庙的开龛盛典都无法顺利办起来。

　　"文化九年（1812）是壬申年，涩谷长古寺自三月三日起开龛展出京都的清水观音。为免遭现代年轻人的斥责，容我说明一下。长古寺是座名寺，位于麻布区笄町百番地。但'笄町'是明治以后才有的，江户时代习惯称那一带为'笄'，江户各区地图也将它编入了涩谷地区，所以我这里将它当作涩谷来讲，还请各位口下留情，别骂我不知长古寺在麻布。

"那次开龛盛典非常热闹，毕竟京都清水寺久负盛名，长古寺在江户也很有名。加之当时正值三月赏樱时节，很适合去郊外散步时顺便礼佛，也难怪庆典如此兴盛。开龛期间按惯例展出信徒供奉的各种工艺品，其中以一顶五尺[1]有余的大头盔最受欢迎。它的盔顶和护颈都用铜钱组合镶嵌而成，非常稀罕，故而极受好评。也有人边看边徒劳地盘算着做这样一个头盔要花几贯钱。

"当然，全用铜钱组合镶嵌会让整体发黑，与

---

[1] 日本尺贯法下，1 尺 ≈ 30.3 厘米。

头盔色调不搭,因此前立[1]和吹返[2]部分都混着金银色金属。所谓的'金银色金属'其实就是金银,金是庆长小判[3],银则是二朱银。有人盯着它看,垂涎欲滴,心想哪怕能拥有其中一枚庆长小判也好。这样一个缀有金银的大头盔在春日下闪闪发光,简直令观客大开眼界。

"由于头盔太过招眼,寺社奉行所派了差役过来实地检视。那个时代,若将通货用于其他用途,哪怕只是几个铜钱也容易招惹是非。倘若贸然加工,更是难逃熔铸国宝的重罪。这头盔只是将金银组合镶嵌,不必受罚。况且难得东西做得精巧,差役们也不好强令寺院撤去,故而决定头盔可以照常展出,只是上头镶嵌的金银不太稳妥,命令寺院尽快将小判和二朱银取下。

---

[1] 前立:日本古时武士头盔称为"兜",前立是额前部的金属装饰。最常见的前立是铲形。

[2] 吹返:日本古时武士头盔帽檐两侧向后翻转的装饰部分。

[3] 庆长小判:江户初期庆长六年(1601)发行的小判金币,面值一两。

"来寺院帮忙的信徒诚惶诚恐，连连答应。只是这物件不是靠江户信徒布施，而是京都信徒所供。前一年，即文化八年（1811）春天，大阪西宫神社 [1] 举行第四十八年的开龛盛典时，寺内也建起小屋展示各式工艺品。其中亦有部分展品是用金银铜钱制成，轰动一时。这次的大头盔便是效仿那时的做法。当时西宫神社展出金银制品并未遭到禁止，寺院方面以为这次应该也没问题，便将那头盔拿出来展览，结果如前所述被命令取下金银币。若取下金银，头盔会失去光彩，但也无可奈何。此事暂且不提，眼下头疼的是该如何补足缺口。取下前立和吹返上缀饰的金银，再用铜板补上孔洞有些困难。这头盔是京都工匠的手艺，此番若在京都，或能立刻采取措施，只是不知江户是否有匠人能胜任这个差事。

---

[1] 大阪西宫神社：今兵库县西宫市社家町西宫神社，供奉天照大御神、蛭子神、须佐之男神、大国主神。社址位于大阪和神户的正中间位置。由于明治之后才设置兵库县，作者将江户时期的西宫神社归入了大阪。

"制作头盔要找盔匠，可一般匠人拿到这个头盔，想必也没有这种手艺。金银工艺是首饰匠的活计，可这头盔所用工艺也不是普通首饰匠能有的。但是，若将这颇负盛名的头盔白白撤下实在可惜，还会影响开龛盛会的人气。差役下令命人取下金银币是在三月十一日，众信徒左思右想之下，恳求差役宽限三天，好让他们寻找应对之法。此番请求幸得差役应允，众人终于在傍晚暂且松了口气。

　　"只有三天时间，自然无法从京都请来工匠。众人商议之后，暂定了一个方案——若江户实在没有合适的匠人，就用铜或黄铜札片补上金银孔洞。开龛期间帮忙管事的信徒们有些宿在寺内，有些回到附近客栈。白天的喧闹渐渐隐去，春日的夜色徐徐加深。好了，接下来才是故事开端。天亮后，头盔前立上排列的五枚小判和六枚二朱银竟然不翼而飞，众人顿时吓破了胆。二朱银倒不值多少钱，可那金子可是庆长小判，以当时的行情来看五枚大概值五十两普通小判。那个时代，

262

盗窃超过十两就要掉脑袋，此番却出现了卷走五十两的盗贼，难怪会引发轩然大波。

"我这么说，现在的人一定会反问为何不派人看守，或者晚上收进寺内不就好了？这便是今昔观念的不同之处。那时的人心十分单纯，认为即便是恶徒，也不会去偷开龛时的供品，因此便掉以轻心了。事实上，西宫神社开龛时就没有发生盗窃案。但江户是个雁过拔毛的地方，因此寺院男仆每晚会巡视三次。寺院男仆弥兵卫每晚逢九刻、八刻、七刻，即现在的半夜零点、凌晨两点和四点各巡视一遍各处小屋，查看供品是否无恙。虽然他说自己黎明七刻（凌晨四时）巡视时并无异样，但他年事已高，谁也不知道他会不会在舒适的春夜里一不留神睡过去，抑或打一开始就极度偷懒，一晚上只去巡视了一次。

"虽然被盗的是寺社奉行所强令取下的小判，但它们失窃了就是大问题，相关人等全都脸色大变地骚动起来。众人姑且将事情原委报告给寺社奉行所，结果差役们大骂活该，说都怪他们展出那种不稳当的东西才会如此。众人丢了东西还挨骂，唉，真是倒霉透顶。总之，信徒们只好先将头盔收起来，着手修补。

"然而寺社方面也无法一骂了事，只好知会町奉行所，委托他们追查失窃案。八丁堀同心矢上十郎兵卫唤来麻布捕吏龙土兼松，命他负责查案。兼松已有五十二三岁，因住在麻布龙土町，同僚之间便都叫他'龙土'。他管辖的地盘虽是偏僻场所，但他年轻时便是出了名的能干。涩谷其实已不算江户市内，但毕竟是重案，还是只能派江户町奉行所的人去查。兼松听完来龙去脉后便离开了。"

二

兼松回到龙土家中时，三月十二日的太阳已
快要落山。由于是旧历三月，今天一早便吹起暖
风，附近武家宅邸的早樱已开始凋谢。兼松用手
巾拍着前襟沾上的灰尘，拉开格子门进屋，发现
小卒勘太已在等着了。

"头儿，辛苦了。八丁堀派的差事是长古寺一
案吧？"

"嗯，这一带已传开了？如你所料，正是金钱盔
的事。"兼松在长火盆前坐下，边吸烟边说，"方才也
与八丁堀的老爷商量了这事。你见没见过那头盔？"

"见过。放在供奉场，不让摸，但极为精
巧……江户找不出那样手艺的匠人。"

"我这阵子腿脚懒，明明一大把年纪了，却没
什么为来世祈福的念头，故而至今没去拜过开龛的

观音菩萨。不过，想从如此精巧的头盔上卸走五枚小判可不容易。窃贼恐怕不是外行人，而是金银手艺人。贼人恐怕一早盯上了头盔，只是昨天寺社奉行所突然要求取下小判，对方昨晚才慌忙去将金子卸了。寺院疏忽大意不假，但贼人也精明得很。不过堪太，这案子兴许很快就能水落石出。"

"是吗？"

"方才也说了，寺社奉行所下令之后，昨天傍晚不是又给了三日的宽限期吗？外人肯定还不知道此事，可那贼人却马上知道了，立刻跑过来作案，这意味着贼人必然与内部人士有关。若照这个思路深查下去，应当能摸到线索……"

"您说得是，"勘太点头道，"确实应该是知晓内部机密的人。明白了，我这就顺着这条线去查。"

"我也一起去吧。眼下佛龛的门应该也关上了，咱们吃完晚饭再出门吧。"

两人吃过晚饭，傍晚六刻（晚上六时）过后出了龙土町兼松家。当时的麻布大抵都是武家宅邸，只在偏僻处混杂着一些庄稼户。两人渡过笄桥，进入涩谷，眼前耸立着普陀山长古寺的山门。长古寺是曹洞宗名刹。虽然寺境在明治以后大幅缩小，但在江户时代，其境内约有两万坪茂密繁盛的树林，林中松、杉、樱树混杂，枝叶交错，树冠如云，一看便知是座宏伟古刹。

大寺都有门前町。这座长古寺门前也是商家林立，平时就很热闹，如今又多了许多指望在开龛期间多赚一笔的歇脚茶棚和土产摊子，更让这里繁荣得不似荒郊。由于寺院每日只开龛至傍晚七刻（下午四时），眼下香客都已散去，寺内静悄悄的。门前町依旧熙熙攘攘，灯火通明的店铺里甚至传来女人的笑声。

兼松拨开一家叫桐屋的茶馆的花色门帘，走了进去。

"店还开着吗？"

"您进来坐。"年轻女子亲切地招呼道。

勘太也跟了进去。两人在长凳上坐下，边饮茶边说起了开龛盛会上的传闻。

"听说这次开龛大获成功。"兼松笑着说。

"时节好，天气也好，来了好多香客。"女子也笑着回答，"听说还有很多人大老远从本所深川、浅草等地赶过来拜佛。"

"听说供品里头有个金钱盔很受好评……"

"对，那头盔做得当真精巧，谁看了都啧啧称奇。"

"每日都摆出来让人瞧？"

"也不知怎么的，听说今儿没拿出来……有些客人特地跑过来看，结果垂头丧气地回去了。"

"为何收起来了？"勘太明知故问道。

"我也不知。"女子也歪头疑惑道，"外头说法很多……好像是寺社奉行所下了什么命令……"

两人试着套了许多话，但盔甲上的金银币失窃事件似乎还是秘密，茶馆的人也不知道。眼看铺子也该打烊了，两人也不好久待，兼松便搁下茶资走了出去。此时一名女子经过茶馆，她本来是从寺门里出来的，忽然间又改了主意，反身走进寺门。

"认不认识那女的？"兼松问。

"不认识。"勘太望着女子的背影答道,"年纪二十五六,身材窈窕,打扮也不土气……附近没这样的人。"

"虽然开龛时总有各种各样的人过来,但一个女子在这个时辰进入寺院有些古怪。总不会是来找和尚的。"

兼松扬扬下巴。勘太立刻会意,尾随女子而去。只见女子走入挂着普陀山匾额的大门,快步穿过林荫道。老练的勘太在树林间穿行,偷偷跟随女子前进。寺院右侧有一夜叉神堂。女子站在神堂的石灯笼前,在朦胧的月色下左顾右盼。

曾去过长古寺的人应当知道,夜叉神堂是寺中名胜。夜叉神是一尊石制立像,传闻是从往昔涩谷一名富绅家中的井底发现的。据说夜叉神对痛疽疔疖有奇效,但也有人许其他愿望。不论如何,来此参拜的人按惯例供奉纸制鬼面,故而神龛前的箱子里全是旧面具。许愿之人要先请一个旧面具回家,待愿望达成或痛疽疔疖消散时回来还愿,并在门口买一个新面具供奉神前,也有人同时供上香花。虽然一年会焚烧两次旧面具，但由于香客众多，鬼面还是高高堆起。

女子四下张望一番后往神堂走去，接着将手伸进神龛前的大箱子里，似在扒开里头的旧鬼面。勘太躲在樱树后窥探女子行动，只是不巧角度不对，看不到女子的手。勘太有些焦急，忍不住将头探出少许，岂料女子直觉敏锐，立刻察觉出附近有人，恭恭敬敬地领了一张面具放在神堂边，姿态虔诚地礼拜过后，拿着面具打算离开。

"喂，姑娘。"

勘太现身叫住女子。

"是。"

女子驻足。她心神不定的态度引起了勘太的注意。

"你在找什么？"

"我是来请夜叉神面具的。"

"可你方才不是在箱子里乱翻吗？"

"虽然都是请面具，但我想请一个没那么老旧的……"

"你家住哪儿？"

"麻布六本木。"

"做什么生意？"

"开寿司铺，叫明石……"

"这么说，你是寿司铺的老板娘？"

"是。"

因无证据，勘太无法继续审问，可就这么放她走也有些可惜。正当勘太盘算该怎么办时，随后赶来的兼松径直上前。

"我看着这女人，勘太，你去调查箱子内部。"

女子闻言，霎时变了脸色，想要挤开两人逃跑。

"哎，别乱来！"兼松从后面一把扯住女子的腰带，"我们可是两个男人，你有本事逃走试试！"

女子似乎依旧想逃，拼命挣扎着要跑，结果动作太大，腰带被挣脱得有些松弛，忽然哐当一声，女子别在腰带里的什么东西落在了地上。勘太快速拾起一看，原来是一枚二朱银。月光下，这枚银子闪闪发光。

三

以夜叉神堂为背景，寿司铺老板娘阿银的受审场面开幕。她本是品川的妓女，卖身期满后在六本木明石寿司铺安了家。

"丈夫清藏是我风尘时期的恩客，去年迎娶我进门，与我结为夫妇。"阿银供述道，"上个月，清藏左脚长了个恶疮，至今无法干活。铺子只好交给寿司师傅们打理，结果却不尽如人意，我也很担心。之后有个好心人告诉我最好来向长古寺的夜叉神许愿。我白天离不得店里，故而傍晚才来参拜。"

"那这二朱银是怎么回事？"兼松问，"你是个女人，不可能直接将二朱银别在腰带里。是不是从那面具箱子里掏出来的？"

"我知错了。之前在箱中翻找旧面具时找到

一枚二朱银，大抵是某个香客布施的。我本将它放了回去，但方才也说了，丈夫生病，家中拮据，我便自顾自想这也许是夜叉神的恩赐……于是走到寺门又折了回来，心里向神明赔不是，发誓等丈夫病愈，一定加倍返还……实在对不起。"

阿银哭了起来。这人本是来祈求丈夫病愈的，却扯些歪理企图盗走香油钱，简直无可救药。兼松目瞪口呆。不过，若这只是她的一时冲动，便没必要深究。但兼松暂时无法判断她说的是真是假，故而也不敢大意。

"勘太，你先去把箱子里的东西都倒出来看看，兴许里头除了银子还有小判。"

勘太将箱子里的旧面具一个个取出来，果然在箱底发现了五枚小判。

"头儿，有了！"勘太叫道，"听说过给猫小判[1]，却没听说过给鬼小判。"

"就知道会是这样。"

---

[1] 日本俗语，意为对牛弹琴、投珠与豕。

看来贼人没有将钱揣在怀里，而是暂时藏在了这个面具箱子里。阿银究竟是他们的同伙，假意来此参拜，实则悄悄取走钱两，还是当真只是偶然捡到二朱银？由于暂时无从分辨真相，两人将她带到寺院门房，吩咐门子严加看管，不要让她逃走。

"没办法，只能在此守株待兔了。他们今晚应该就会来。"

"头儿在这儿守到天亮未免太辛苦，不如我回去叫其他人来？"勘太说。

"算了。今晚春风和煦，月色明亮，蚊子也还没出来，盯个梢也没什么辛苦的。我就与你同甘共苦吧。"

兼松含笑与勘太一起躲在夜叉神堂背后。捕吏蹲点时最忌讳打草惊蛇，不能点火，更不能随意开口交谈。两人如同老僧入定一般沉默地蹲在樱树后头。

他们本已做好守到天亮的准备，所幸很快出现了转机。当晚，还未过四刻（晚上十时），便有一个黑影出现在夜叉神堂前。来者戴了香客供奉的鬼面，还十分注意地裹了头巾。但兼松和勘太还是很快注意到，这人似乎是个光头。

贼人靠近面具箱，接着便全神贯注地在里面摸索起来。两人乘其不备扑了上去，一下将对方摁倒在地，取下头巾摘下面具后发现，贼人真身竟是一个二十五六岁的白脸和尚。

"你这和尚，真是不要脸！"兼松先声喝道，"不仅心如夜叉，还戴着夜叉神的面具做歹事！你究竟是哪里的勤杂和尚？老实交代！"

若他只是普通出家人的装束，或许还能找借口糊弄过去，可他又是蒙头又是戴鬼面的，完全无从辩解。于是，他二话不说，直接认了罪。

他是附近万隆寺的执事僧教重。按照开龛惯例，开龛期间须有数十名僧人每日列席敲钲诵经。但若从原本的寺院中调遣大量僧人，不仅要支出路费，还要负担大量的其他开销。因此本寺只派遣部分僧侣，剩下的则从附近同派寺院中临时雇用僧侣补足。此次开龛期间，万隆寺的僧人也每日列席，教重便是其中一人。他是个破戒僧，一早便盯上了供品头盔。

他并非恶僧，而是犯了女戒的破戒僧，化作长袖[1]医师流连品川，被妓女迷得神魂颠倒。白天诵经之时便时刻琢磨着如何盗走头盔上的小判，去品川美美地挥霍潇洒一番。这种妄念日益增长，他日夜惦记着那供品头盔，岂料寺社奉行所却命令寺院取下头盔上的金银配饰。此事煽动了教重的恶念。他认为机不可失，时不再来，便于昨晚下定决心果断行窃。

他虽然是外寺僧人，但每日待在长古寺中，知晓寺院男仆弥兵卫巡视供品小屋的时辰。当天黎明七刻（凌晨四时），弥兵卫巡视完毕后，教重便带着錾子和锤子潜入小屋内。由于盔上的金银嵌合巧妙，教重本以为要费好一番功夫，谁知剥下一枚之后，剩下的竟一枚接一枚很轻易地卸了

---

[1] 长袖：武士身披铠甲时需要扎紧袖口，而公卿、僧侣、神官、医师等职务无须这么做，惯常以广袖长袍姿态示人，故以"长袖"指代此类人。

下来。原本他只打算偷小判,结果因卸小判卸得太过顺利,他便又凿下了五六块二朱银。

当时他也为了遮掩容貌而戴上了夜叉神堂的旧面具。

四

"头儿，如何？知道了这些，事情就简单了。不如将他押去门房，细细审问？"

勘太从傍晚就开始盯梢，已有些累了。

"那咱们休息一会儿再审。"

两人押着教重去了寺院门房。兼松拿起守门大爷端出的茶水润了润嗓子，再度开始审问。

"你昨晚在这寺中过的夜？"

"不，回了自家寺院。"教重回答，"今早七刻（凌晨四时）过后，我溜出寺院，偷偷来了这里，因为觉得半夜走在路上会让人起疑，凌晨时分便能找到借口。"

"为何不将偷来的小判直接带走？"

"我将小判和二朱银藏在袖兜里，走出供品小屋后，由于大家都睡着，四周静悄悄的。我放下心，走到夜叉神堂前便打算取下鬼面。结果因近来天气暖和，我脸上和脖子上全都是汗。汗水渗透进面具纸里，粘在我的脸上，难以取下。我想起《附脸面具》[1]的故事，顿觉毛骨悚然。婆婆只是吓唬一下儿媳便拿不下面具，而我却毁坏佛前供品，盗取金银，恐怕要遭神佛严惩。我又想，或许是夜叉神发怒，教我无法取下这鬼面，一想到这里，我更是全身冒冷汗。"

他似乎想起了当时的恐惧，声音颤抖地说：

---

[1] 日本鬼怪传说，又称《嫁威谷》，流传于越前国吉崎御坊（今福井县芦原市吉崎）附近的嫁威谷。越前国的与惣治夫妇因仰慕莲如上人而笃信佛教，其母认为与惣治日夜为来世祈福妨害现世的家业，便阻止儿子夫妇前往吉崎听法。某次与惣治外出，儿媳独自前往吉崎听法归来。婆婆认为时机已至，便悄悄戴上原本供奉给守护神的面具，躲在竹林中扮鬼吓唬儿媳，结果从草丛里出来时衣服被荆棘钩住，无法离开。由于计划受阻，婆婆在气愤与不甘之中想要取下面具，结果面具竟长进了肉里取不下来。儿媳回家将事情告诉丈夫，婆婆则哭喊着回家。儿子与惣治劝说母亲忏悔能够消罪，于是婆婆前往吉崎御坊聆听莲如上人教化，忏悔自己的过错。此时，原本长进肉里的女鬼面具立刻掉了下来。

"区区一张涂了颜料的纸面具，照理只需用力一扯便能轻易取下，但我却办不到。所以我在夜叉神前俯首致歉，潜心忏悔，暗暗祈愿必将偷来的金银返还原处。结果过了一会儿，那面具竟然掉了下来。我感恩戴德，打算再度返回供品小屋，可这阵子天亮得快了，加之开龛期间众人起得特别早，寺中已传来开合滑门的声音。我顿感害怕，心想若被发现就糟了，于是放弃返回小屋，却不知该如何处置袖兜中的钱两，也不能随意丢在附近，便将五枚小判塞进了面具箱里。我想，如此应能凭借夜叉神的神通将它们送回原处。至于那张戴过的面具，我则打算留着往后告诫自己，便收入衣袖带走了。"

　　此时的教重的确是在忏悔自己的罪过。他以为自己已将二朱银与小判一起放入了箱中，谁知回到寺里一看，袖兜里还有五块银币。原来他太过慌张，把银子全带了回来。虽然他万般后悔，但如今也不好折回去，只能佯装无事吃完早饭，与其他僧人一同去了长古寺。

虽然头盔金银失窃案并未声张出去，但寺里已尽人皆知。每次听见有关此事的议论，教重都胆战心惊。不知是不是错觉，平日里慈悲和蔼的观音像，今日仿佛金刚一般瞪着自己，令他诵经的声音异常凌乱。然而，他心中仍在担忧该如何处置这五块二朱银。只返还小判是无法消罪的。小判也好，二朱银也罢，甚至只是一文钱，在佛的眼中都是一样的。故而即便只是一块二朱银，只要贪没了它，罪孽便永远傍身。因此，他决定今晚便将其返还。

在佛前忏悔之后，教重仍旧害怕自己的罪过被公之于世。于是，他便与前一晚一样蒙上手巾，戴上鬼面，再度潜入夜叉神堂。他相信，自己已然悔过，鬼面断不会再粘在脸上。

兼松和勘太听完他的供述，有些意外。

"这么说，你是来返还那些二朱银的？"兼松确认道。

"是，钱在这儿。"说着，教重从袖兜中拿出二朱银。

若他是来取走藏匿在此处的金子的，便无须特地带着五块二朱银前来。看来他的确是来返还盗走的钱两的。明白这点后，兼松和勘太也就不再厌恶这名年轻僧侣了。

或许是夜叉神这一通发威所致，也或许是他内心幡然醒悟，在经历了类似于《附脸面具》的教训后，教重捧着纸鬼面具流下了悔悟的泪水。

然而本案奇妙之处却在于那块二朱银。教重在前一夜手忙脚乱地往箱子里塞小判时，二朱银从他袖子里落出来，掉进了面具堆。教重本人心慌意乱，一时间没注意到这枚银子，反倒被无关的香客阿银偶然发现。

若阿银没有发现这枚二朱银，应该只会拿块旧面具回去。正因她发现了二朱银，兼松和勘太才会动手抓住她，接着又发现箱底的五枚小判，最终因此抓住教重。老练的兼松此次办案一路走到这里，其实心中并未有成案。对阿银起疑固然算是功劳一件，可也不过是误打误撞，一切都多亏了面具箱里那枚二朱银的引导。

"当真是神迹。"也难怪教重惶恐成这副样子。

此时，里面的纸门被拉开，门口浮现出一张女子的白皙面容，正是先前被扣押在门房的阿银。她在昏暗的座灯灯光下望着教重的脸说：

"呀，真的是你。我就说声音听着耳熟……你还没戒掉花酒，这回犯下大事了吧？"

教重苍白的脸颊顿时涨红。

他是阿银在品川时的熟客。

"别看这和尚长这样，小嘴儿是真甜。不光是我，还有好多姐妹都被他哄得团团转。"

阿银与他似有旧怨，毫不客气地数落个不停。教重愈发面红耳赤。兼松和勘太都大笑起来。

"你也别欺负人家和尚。"兼松说，"即便只是一块二朱银，你偷了就是犯法。今晚我且饶你一次，赶紧回去照顾你丈夫吧。"

"是，是，多谢头儿。"

阿银欢天喜地地回去了。

兼松有些不忍将幡然醒悟的教重交给寺社奉行所，便向寺院执事僧和管事信众提议不声张此事，众人均无异议。毕竟此事若张扬出去，不仅会给寺院惹麻烦，还会影响开龛时的人气。众人便称在夜叉神堂发现了小判和二朱银，但不知盗贼是谁。

此事被添油加醋，竟又传出新的传言。

"据说那贼人偷走头盔上的小判和二朱银之后，跑到夜叉神堂前时，忽然全身无法动弹。直待他将偷来的钱两放在神堂边，才得以再次迈步。"

钟爱奇闻怪事的江户人都瞪大双眼细听传闻，而这怪闻又使夜叉神堂玄妙的名声远播，令长古寺的开龛盛典愈发繁荣。夜叉神堂前香火鼎盛，大量香客请了鬼面回家。

听说万隆寺的教重顺利完成开龛六十日间的差事后，便被送去了下总国的分寺。